共和国的历程

天山祥云

挺进大西北与和平解放新疆

陈忠杰　编写

蓝天出版社　吉林出版集团有限责任公司

图书在版编目（CIP）数据

天山祥云：挺进大西北与和平解放新疆／陈忠杰编写.
一北京：蓝天出版社，2014.1（2023.3重印）
（共和国的历程）
ISBN 978-7-5094-1060-8

Ⅰ.①天… Ⅱ.①陈… Ⅲ.①革命故事－作品集－中国－当代 Ⅳ.
①I247.8

中国版本图书馆 CIP 数据核字（2013）第 305441 号

天山祥云——挺进大西北与和平解放新疆

编　　写：陈忠杰
策　　划：金永吉　荆忠峰
责任编辑：祖　航　梅广才
出版发行：蓝天出版社　吉林出版集团有限责任公司
地　　址：北京市复兴路 14 号
邮　　编：100843
电　　话：010—66983715
经　　销：全国新华书店
印　　刷：北京柏玉景印刷制品有限公司
开　　本：710mm×1000mm　1/16
字　　数：69 千
印　　张：8
版　　次：2014 年 4 月第 1 版
印　　次：2023 年 3 月第 3 次
定　　价：29.80 元

前　言

中华人民共和国自 1949 年 10 月 1 日成立以来，已走过了六十多年的风雨历程。历史是一面镜子，我们可以从多视角、多侧面对其进行解读。然而有一点是可以肯定的，那就是，半个多世纪以来，在中国共产党的领导下，中国的政治、经济、军事、外交、文化、教育、科技、社会、民生等领域，都发生了深刻的变化，中国人民站起来了，中华民族已屹立于世界民族之林。

这段时间放到整个历史长河中是短暂的，有如弹指一挥间，但它带给中国的却是极不平凡的。六十多年里神州大地经历了沧桑巨变。从开国大典到 60 年国庆盛典，从经济战线上的三大战役到经济总量居世界前列，从对农业、手工业、资本主义工商业的三大改造到社会主义市场经济体制的基本确立，从宜将剩勇追穷寇到建立了强大的国防军，从废除一切不平等条约到独立自主的和平外交政策，从"双百"方针到体制改革后的文化事业欣欣向荣，从扫除文盲到实施科教兴国战略建设新型国家，从翻身解放到实现小康社会，凡此种种，中国人民在每个领域无不留下发展的足迹，写就不朽的诗篇。

六十几年在历史的长河中犹如沧海一粟，但对身处其间的个人却是并非无足轻重的。其间究竟发生了些什么，怎样发生的，过程怎样，结果如何，非人人都清楚知道的。对此，亲身经历者或可鲜活如昨，但对后来者却可能只是一个概念，对某段历史的记忆影像或不存在或是模糊的。基于此，为了让年轻人，特别是青少年永远铭记共和国这段不朽的历史，我们推出了这套《共和国的历程》。

《共和国的历程》虽为故事形式，但与戏说无关，我们是想借助通俗、富于感染力的文字记录这段历史。这套丛书汇集了在共和国历史上具有深刻影响的重大历史事件。在丛书的谋篇布局上，我们尽量选取各个时代具有代表性的或深具普遍意义的若干事件加以叙述，使其能反映共和国发展的全景和脉络。为了使题目的设置不至于因大而空，我们着眼于每一重大历史事件的缘起、过程、结局、时间、地点、人物等，抓住点滴和些许小事，力求通透。

历史是复杂的，事态的发展因素也是多方面的。由于叙述者的视角、文化构成不同，对事件的认知或有不足，但这不会影响我们对整个历史事件的判断和思考，至于它能否清晰地表达出我们编辑这套书的本意，那只能交给读者去评判了。

这套丛书可谓是一部书写红色记忆的读物，它对于了解共和国的历史、中国共产党的英明领导和中国人民的伟大实践都是不可或缺的。同时，这套丛书又是一套普及性读物，既针对重点阅读人群，也适宜在全民中推广。相信它必将在我国开展的全民阅读活动中发挥大的作用，成为装备中小学图书馆、农家书屋、社区书屋、机关及企事业单位职工图书室、连队图书室等的重点选择对象。

编　者

2014 年 1 月

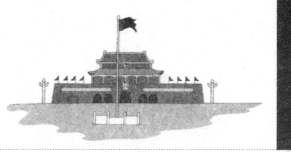

目录

一、 中央高度关注新疆

● 周恩来说："王震同志，中央准备把进军新疆的重大任务交给你们。"

● 毛泽东说："关于新疆和平解决的事情，希望你能帮帮我们啊。"

● 斯大林说："不应当拖延进军新疆的时间，因为拖延会引起英国人对新疆事务的干涉。"

毛泽东令王震做好进军新疆的两手准备

新疆和平解放之前是一个半殖民地的封建地方。新疆各族人民不仅遭受了外国帝国主义的侵略和掠夺，而且遭受了封建势力的残酷压迫；不仅受反动统治者的压迫和奴役，而且民族内部封建势力的剥削和压迫也十分严重。

新疆各族人民为了反抗帝国主义的侵略，反抗反动统治阶级的民族压迫和阶级压迫，一直都在为新疆的和平解放努力着。毛泽东也时刻关注着新疆的解放事业。

1949 年，是中国革命在全国范围内取得伟大胜利的一年。新疆各族人民渴盼解放，如大旱之望甘霖。毛泽东深切了解新疆各族人民的心愿，他运筹帷幄，英明决策，希望促成新疆的和平解放。

1949 年 3 月，中央在西柏坡的中共中央驻地，召开了具有历史性转折意义的七届二中全会。

在会上，以毛泽东同志为核心的党中央，根据全国解放战争形势的发展，发出了将革命进行到底、解放和统一全中国的伟大号召！

就在这一天，中央办公厅通知参加会议的第一野战军第一兵团司令员兼政委王震，要他马上去见毛泽东。

王震将军长得瘦高挺拔，直鼻梁，厚嘴唇，大嘴巴；

为人耿直，善良淳朴，喜欢穿深灰色的中山装，是一位战功卓著的将领。

王震将军凡受领任务，必蓄须，不达之不净面。毛泽东、朱德、彭德怀、贺龙等戏呼其为"王胡子"。

这位在战场上威震敌胆的将军，急急忙忙地来到办公厅，只见会议室内三位中央最高领导人早已等候着他了，王震感到一定有重要军事任务等着他。

毛泽东笑着走上前去，紧紧握着王震将军的手说："你好啊，王胡子！"

"主席好！主席好！"王震不好意思地笑道。

王震将军又转向朱德总司令和周恩来副主席，连忙说道："总司令、周副主席好！"

王震将军连忙给三位中央领导分别敬礼。

朱德总司令连忙说："王胡子！不用了，不用了！咱们说正事吧！"

周恩来也说道："来来来，快坐下，王震同志，还得辛苦你了。"说着起身给王震倒了一杯开水。整个屋子里变得热气腾腾的。

朱德总司令问："王胡子，你知道我们请你来干什么吗？"

"报告总司令，还不知道！"王震连忙起身回答。经过多年的战争岁月，他早已养成了风风火火的性格，他很想尽快知道有什么重要任务。以往在接受重要任务时，他都显得非常激动与坚定，今天也不例外。

中央高度关注新疆

毛泽东吸着烟，显得胸有成竹的样子，他挥手招呼王震坐下来，说道："快说说你那支部队的情况怎么样。"

王震一听，赶忙详细地向中央三位领导汇报一兵团近来的各方面情况，并回答了周恩来和朱德的插话提问。周恩来在本上记录着，不时向王震提出一些具体的意见。毛泽东和朱德的话都不多，只是不时微微地点着头。三位领导人显然听得很满意，不时相互会意地交换眼色。

"就这样吧！"周恩来听完王震的汇报，非常严肃地看着王震，说道，"王震同志，中央准备把进军新疆的重大任务交给你们，你看如何呢？"

"保证完成任务，请首长放心！"王震高兴地站起身来，习惯地敬了一个军礼，激动地说，"我们一兵团保证完成任务。"

毛泽东平静地说道："这可不是一般的任务呀，新疆问题我们要力争做好两手准备，能和平解决最好，因此进军新疆是一个政治仗，只能打好。"

朱德站起来，就有关进军新疆的一些具体问题，向王震作了指示，并告诉王震，有关的行动计划要向一野司令员彭德怀请示，由彭德怀统一指挥进军大西北的战斗。当然，新疆的问题，还得由王震直接负责。

毛泽东语重心长地说道："你一定要继续发扬英勇奋战、不怕艰苦的革命精神，准备带领部队进军新疆，去为各族人民多办好事。"

在临走前，周恩来又对王震嘱咐道："希望你们在一兵团中开展进军新疆的宣传教育，号召广大指战员发扬红军不怕远征难的革命精神，克服一切困难，从思想上、物质上做好进军新疆的各项准备工作。一旦中央命令下达，就立即行动。"

王震激动不已，他赶紧回到部队，立即在全军进行了宣传动员工作。广大指战员对进军新疆充满了信心，大家纷纷向一野首长、兵团首长请战表决心，准备随时奔赴新疆！

在中国的广漠大西北，一场伟大的军事行动，就要开始了。

周恩来叫屈武回新疆策动部队起义

新疆是一个多民族的地区，为了使新疆各族人民免受战火之苦，中共中央特别制定了对解放新疆的政策，那就是"力争起义，和平解决"。

为了贯彻中央的方针，使新疆早日实现和平解放，在1949年4月16日凌晨4时，周恩来秘密接见了中共地下党员屈武。

屈武当时任新疆省政府委员兼迪化市（今乌鲁木齐）市长。在一个单独的房间里，周恩来亲切地招呼屈武坐下，并倒了一杯茶，然后他们马上就进入了话题。

屈武先向周恩来汇报了情况，他说："张治中昨天跟我说，国民政府恐怕很难批准那个和平协定。他觉得只有在全国范围内继续打下去，才能早日实现和平。所以张治中让我回新疆转告陶峙岳，说蒋介石还想打，但新疆人民需要和平安定，新疆不能出现战火和枪声。"

听完了屈武的汇报，周恩来坐在那里显得面色凝重，他低头静静思考着。然后他抬起头，看着旁边的屈武，态度坚定地说道："是的，看来实现国内和平的希望变得渺茫了，如果谈判失败，你必须马上回新疆去，策动国民党部队的起义，尽量减少战争对新疆人民的伤害。"

周恩来又向屈武询问了新疆国民党部队一些将领的

情况，包括新疆警备司令陶峙岳。周副主席对他作了详细的了解，而且探询了陶峙岳的政治态度。

屈武告诉周恩来，陶峙岳将军有强烈的爱国之心，并富有正义感，在国民党内部是一位进步的将领，如果对他多做些思想工作，使他接受和平解放建议，十分有利于新疆问题的解决。

陶峙岳早年毕业于保定陆军军官学校，后来参加过国民党的北伐战争，一直从团长、旅长、师长、军长、集团军司令升到西北军政长官公署副长官和新疆警备总司令。驻守新疆的国民党军队是新疆警备总司令陶峙岳所属的整编四十二师、七十八师、骑兵一师，共7万余人。

屈武把自己所知道的情况，都一一向周恩来作了详细汇报。周恩来很认真地听着，时不时地说出自己的建议和嘱咐，屈武都记在了心里。

当回答陶峙岳的政治态度时，屈武看上去很有把握地说道："周副主席，您不用担心，陶峙岳是个诚实的人，张治中的态度就是他的态度。我相信，他一定能分清形势，接受和平起义的建议！"

周恩来笑了笑，看来他很欣慰，然后自语道："文白（即张治中）先生是有名的'和平将军'嘛！"

之后，周恩来就新疆问题以及如何劝说陶峙岳等优秀爱国人士进行和平起义等问题，作了重要的指示和部署，然后又和屈武讨论了很多细节上的问题。

中央高度关注新疆

共和国的
历程·
天
山
祥
云

　　带着周恩来的重要嘱托，屈武火速赶回新疆，准备秘密执行和平起义的任务。他想自己不会让周副主席失望的，一定要为新疆的和平解放做出自己的努力。

　　屈武回到新疆后，马上拜访了他的朋友——国民党西北军政长官公署秘书长、新疆省政府委员兼秘书长刘孟纯。屈武向刘孟纯详细介绍了北平和谈的经过，透露了周恩来、张治中对新疆和平起义的意见。

　　屈武说："虽然全国范围很难实现和平解放，但新疆可以根据和平协定，争取实现局部的和平解放。"

　　听到屈武的介绍后，刘孟纯紧紧握住他的手，很有感触地说道："我赞同你的看法，那我们就行动吧！但现在关键在陶峙岳，我们还是先找他谈谈，看看他的态度后再准备我们的行动。"

　　陶峙岳当时是国民党驻新疆的最高领导，1945 年抗日战争胜利后，应张治中邀请出任新疆警备总司令部总司令、西北行政长官公署副长官，所以这个人很关键。

　　屈武、刘孟纯秘密约见了陶峙岳，向他转达了张治中的意见，又透露了两人对新疆和平解放的意愿。陶峙岳当时很平静，话也不多，也没有作出表态，但在屈武、刘孟纯即将离开时，他忽然说道："等等看，看发展。"

　　屈武、刘孟纯从陶峙岳这"看"字中看到了希望，觉得大有文章可做。带着这种喜悦，他们告别了陶峙岳。

毛泽东请张治中促成新疆和平解放

解放战争取得节节胜利，特别是解放军已经在西北战场的长驱直入，大败了国民党军队。10万解放军集结于酒泉，逼近新疆大门。

为了争取和平解决新疆问题，1949年9月8日，在北平中南海，毛泽东约见了张治中将军，准备劝说他接受和平解放新疆的主张。当时张治中是同中共谈判的国民党政府首席代表，所以毛泽东对他很尊重，总是以礼相待。

张治中是一位性格豪爽之人，一生胸怀坦荡、光明磊落。以诚待友不仅是他个人的高贵品质，而且也是他在与共产党的长期合作中表现出来的政治道德。

张治中一生坚持孙中山先生的三大政策，力主用政治方式解决国内问题，这是他与中国共产党合作的基础。因此，在他与中国共产党交往过程中，无论政治形势多么险恶，他都能一如既往地在力所能及的范围和职权内利用自己的特殊地位做了许多有利于人民、有利于和平的好事，在客观上为中国的民主革命作出了自己的贡献，他的诚意自然也得到了中国共产党的赞许。

而新疆要和平解放，关键人物是陶峙岳。他是张治中在保定军校的同期同学，在胡宗南手下多年，与胡宗

中央高度关注新疆

南关系非同一般。

在新疆驻军中，除了马步芳一个军的骑兵部队和盛世才属下的两个旅外，名义上都归陶峙岳领导。陶峙岳本人一直受蒋介石嫡系所排挤，张治中出任西北军政长官兼新疆省主席后，把陶峙岳调入新疆，他成为张治中最信赖的部下，为张治中稳定新疆复杂局面立下了汗马功劳。因此，由张治中出面与他沟通，是再合适不过了，事情的成功率自然会大大提高。

张治中来到后，毛泽东已经在那里等候多时了，像见了老朋友一样同张治中亲切地握手问候，令张治中很感动。

在一阵寒暄之后，他们坐了下来，毛泽东对张治中笑着说道："大家都知道，将军曾经在国民党中担任过西北行营主任和新疆省主席，有着极高的威望，而且很多人都是你的老部下，所以关于新疆和平解决的事情，希望你能帮帮我们啊，我党和全国人民会感谢你的！"

看到中共和毛泽东主席这么信任自己，张治中深受感动。其实，张治中很愿意为全国的解放事业献出自己的一份力量，所以诚恳地答应了毛泽东的请求。

带着对国家和平的期盼以及对中共的感激，张治中态度坚定地说道："请问主席需要我做什么，如果是我能够做到的，我很愿意去帮助你们。"

毛泽东吸了口烟，热切地看着张治中，说："我党想让将军能以个人的名义，给新疆军政当局发一份电报，希望以你在西北和新疆多年的威望，劝说他们接受和平解放的主张，实行和平起义。"

毛泽东说完自己的建议后，张治中显得有些兴奋，他说："主席，我早就有这样的打算了，只是我现在已经和陶峙岳、包尔汉失去了联系，我无法再收到他们的电报，不知道该如何才能和他们取得联系。"

毛泽东笑着说道："将军请放心！我军已经在伊宁建立电台，你可以把电报先发到伊宁再转到陶峙岳、包尔汉的手中。我党在伊宁负责的邓力群同志会帮助你送达的。"

"太好了，我会按照你的意思去做的，也请你放心！"张治中诚恳地说。

张治中回去后，首先给陶峙岳、包尔汉发了一份电报，在电报中劝说他们接受和平起义的主张，之后又做了其他对新疆解放有利的事情。张治中为新中国的解放事业作出了重要贡献。

其实早在 1948 年秋，陶峙岳在赴任国民党新疆警备总司令时，就曾专门绕道兰州拜会西北军政长官公署长官张治中。

当时张治中在自己的私宅里，跟陶峙岳促膝长谈，并出示自己历次建议蒋介石力主国内和平的函件和谈话记录。

张治中给陶峙岳分析了当时的形势，并提出了自己的建议，张治中说：新疆局势稳定的关键，在于取得苏

联的理解与合作，尤其要注重疏通与苏联驻迪化总领事的关系，这不仅在政治上十分有利于我们，而且还可以扩大新疆对苏联的贸易。

当时，解放军胜利是大势所趋，国民党的统治开始土崩瓦解。

新疆位于我国的西北边陲，迟早要面临或战或和的抉择。张治中和陶峙岳审时度势，都认为新疆人民需要和平安定，新疆不能出现战火和枪声，不然局面就会变得很乱。

在这次交谈中，张治中和陶峙岳都道出了自己的真实想法，两人像出生入死的战友一样，肝胆相照，这对以后新疆的和平起义起到了促进作用。

从那以后，陶峙岳的脑子里总是萦绕着和平的念头。他在"看"中观察着形势的发展。

1949 年 4 月 21 日，伟大领袖毛主席和朱德总司令向人民解放军发出了《向全国进军的命令》的宣告。

5 月，张治中在北平给陶峙岳发了一份电报。在电报中，张治中希望陶峙岳和新疆省政府主席包尔汉等，一定要维护新疆的稳定局面，根据形势变化确定对策，争取和平起义，避免发生战争。

看到电报后，陶峙岳很兴奋，仿佛道出了自己的心里话，而且他很赞同张治中的建议。陶峙岳对包尔汉激动地说："看来张治中的电报是受毛泽东、周恩来的嘱托打来的，这是中共对我们的劝告和信任，更是中共方面对我们的期待，我们一定要以新疆的大局和稳定为重！"

不过兴奋之后，陶峙岳又开始犹豫了，带着某种遗憾说道："但马、胡控制的部队，特别是那几个掌有实权的军官是新疆和平起义的主要障碍。这些人是很难同意和平起义的，终为和平之患。可现在又不能对他们怎么样，他们都是有军权的人，还是看看国内的形势，再作决定吧。"

到了6月下旬，解放军第一野战军在西安及关中广大地区取得一系列胜利后，华北野战军第十八、十九两兵团一起继续前进，继而逼近新疆。

当时，新疆省警备总司令部参谋长陶晋初向陶峙岳呈上了一份《请起义投降中国共产党意见书》。而陶晋初就是陶峙岳的堂弟，抗日战争时期在重庆与周恩来身边的乔冠华结识，并一直保持着秘密联系。

在新疆如何解放的问题上，陶晋初坚决走和平之路，并同中共地下党员屈武、刘孟纯等人展开了合作，为和平解放新疆作出了重要贡献。

6月26日，张治中以国民党和谈首席代表的身份，在北平发表《对时局的声明》，他向大家宣布：将与国民党政府脱离一切关系，投向人民民主阵营和国家的解放事业。

迫于当时的政治形势，陶峙岳等国民党人士开始慎重对待新疆未来的命运。后来，印度新德里《美国之音》广播了湖南程潜、陈明仁通电起义的消息，一时人心

中央高度关注新疆

013

浮动。

屈武、刘孟纯秘密约见了陶峙岳后，陶峙岳在那一"看"中，对和平起义的态度渐渐明朗起来。他的转变也大大触动了包尔汉。包尔汉当时是新疆省政府主席，和陶峙岳交情很深，而且对局势的看法也很一致，两人一起为新疆的和平解放事业努力着。

包尔汉于 7 月间曾邀屈武、刘孟纯、陶晋初等人，也邀了苏联友好人士在南山住了几天，进行了秘密的交谈，就新疆未来的命运谈了各自的看法。随后陶、刘等又邀包主席、苏联友人去郊外湖边住了几天，继续进行交谈，虽然没有谈及具体问题，但也心知肚明了，对新疆战与不战有了一致的看法。

在这样的前提下，陶峙岳的信心坚定了，于是开始了他的秘密行动，为将来的和平起义积极准备。

不过，在陶峙岳的心里还有另一个顾虑，就是新疆警备副总司令兼南疆警备司令赵锡光。陶峙岳一直在琢磨这个人。新疆和平起义，如果遭到他的反对，可能一切计划行动都要面临破产，所以争取赵锡光的支持对和平起义很关键。

为了打探赵锡光的政治态度，并劝说他接受和平起义的主张，8 月 19 日，陶峙岳以检查部队后勤工作的名义，在焉耆和赵锡光进行秘密会晤。军需供应局长郝家骏、当地驻军旅长钟祖荫也和陶峙岳一起去了焉耆，但谈话的时候只有陶、赵二人，郝、钟都不在座。

经过陶峙岳耐心的劝说，两人逐步达成了一致看法，并秘密讨论了和平起义的具体事宜，还对可能出现的变故商定相应的对策。

他们最后一致决定：起义的一切行动，陶峙岳负责北疆，赵锡光负责南疆，并达成了两点协议：一、待解放军部队靠近时才接头，陶、赵两人站开，将部队交出来；二、部队由解放军无条件改编。

为了新疆人民的安危和国民党驻军的命运，陶峙岳等人的政治态度发生了转变。

中央高度关注新疆

斯大林建议提前解放新疆

1949 年，胜利的号角已经在全国吹响，各族人们都沉浸在迎接解放的兴奋之中。新疆人民也渴盼解放，如同饥渴的禾苗需要雨水的滋润一样。

毛泽东时刻关注着新疆的苦难的人民，并为新疆的和平解放努力着。他和中共中央运筹帷幄，精密部署，为取得新疆和平解放积极行动。

但是要和平解放新疆，还需要苏联的帮助和支持，因为在 1933 年，苏联与新疆的地方实力派盛世才结盟，盛世才建立了亲苏政权。在苏联的帮助下，1937 年中国共产党与盛世才建立了统战关系。苏联和新疆的"三区"的民族军也有着密切的联系，所以，若是没苏方的帮助，解放新疆就会困难重重。

鉴于此，在 1949 年 7 月初，刘少奇秘密访苏，就新中国成立以及新疆和平解放等问题同斯大林进行商谈，并希望苏方在新疆问题上给予支持。

在会谈中，斯大林正襟危坐，显得很严肃的样子，他对解放邻近苏联的新疆十分关切，用很坚定的语气对刘少奇说道："不应当拖延进军新疆的时间，因为拖延会引起英国人对新疆事务的干涉。"

斯大林继续说道："你们过高地估计了马步芳的力

量。马步芳的部队主要是骑兵，在有大炮的情况下，非常容易将其摧毁。如果你们愿意的话，我们可以提供40架歼击机。这些歼击机可以非常迅速地驱散并击溃这支骑兵部队。"

会谈中，苏方还认为，随着中国共产党在解放战争中取得辉煌战绩，美国政府已经变得越来越恐惧了，正在准备策划自己的阴谋，即鼓动西北五马军阀（指马鸿逵、马鸿宾、马步芳、马步青、马呈祥）把部队撤退到新疆，成立一个"伊斯兰国"，与中共和苏联对抗。

倘若美国政府的目的达到，那么新疆问题就有可能成为国际问题，到时候就很难和平解放了。因此，苏方建议中共提前解放新疆。

对于斯大林的建议，中共领导人非常重视。毛泽东接到刘少奇的请示后，立即要求刘少奇告诉斯大林，中共同意在苏方的帮助下尽快进军新疆，并且希望刘少奇在莫斯科具体解决苏方提供空军援助和空运部队的问题，要刘少奇向斯大林建议"将苏联空军进行援助和空投部队的问题具体化"。

毛泽东在7月23日给彭德怀发去电报说："苏联极盼早占新疆，彼可给予种种援助，包括几十架飞机助战。"因此他建议彭德怀说："冬季即占领迪化，不必等到明春。"

7月25日，毛泽东向刘少奇通报说，秋季占领兰州、西宁等地后，即可准备进取新疆。接着，毛泽东又致电

中央高度关注新疆

斯大林说，如果战事进展顺利，今冬就有可能占领迪化，为此，正在考虑步行进军新疆的问题。

8月4日，毛泽东又进一步通知刘少奇和王稼祥："8月底或9月初可能占领兰州，那时即可准备进取新疆。"这样一来，进军新疆的任务就提前了。

经过商定，斯大林答应了中方的请求，具体办法是：部队先向酒泉进发，同时由中方出钱租用苏联航空公司飞机45架飞往酒泉机场，实行空运。苏联派来的飞机是里－2型，这种活塞式运输机可载重7.65吨，载客20人至30人，很实用。

为了配合人民解放军向西北的进军，苏联建议中共主动联络新疆"三区"临时政府，进而牵制国民党的势力，这有利于减少新疆解放的阻力。

面对日益崩溃的国民党政府，国民党新疆警备总司令陶峙岳、新疆省政府主席包尔汉等爱国将领和爱国人士认为，国民党的失败是大势所趋，所以愿意以和平的方式解决新疆问题，并积极进行活动，策划和平起义。

陶峙岳等国民党人士的态度转变对新疆的和平解放起到了关键的作用，也让新疆老百姓看到了胜利的曙光。

为了更好地促使陶峙岳、包尔汉和平起义，毛泽东针对新疆的情况作出几项重大决策，在新疆内部展开了一系列行动，而西北战场也开始了军事行动，并请求张治中继续劝说陶峙岳等人尽快实行和平起义。

此时，发生了一个小周折：苏联驻伊宁总领事阿里斯托夫对陶峙岳放走马呈祥、伊敏等国民党顽固分子一事表示不满，希望中共命令陶峙岳扣押马呈祥等人。

到底该如何处理此事，毛泽东陷入了沉思，他坐在椅子上大口地抽着烟，烟雾缭绕在自己的周围。他尊重陶峙岳的决定，但不想伤了与苏联的和气，新疆的和平解放需要苏方的支持和帮助。不过最后，他还是决定尊重陶峙岳的决定。

于是，在 1949 年 9 月 19 日，毛泽东致电邓力群指出：马呈祥、罗恕人、叶成及其顽固坏分子，只要有可能，应让他们乘飞机逃走，逃得愈多愈有利。

不管怎么样，在苏联的建议和帮助下，新疆的和平解放行动正朝好的方向发展。历史就是历史，我们不能否认苏联在这次行动中作出的贡献，另一方面也得益于刘少奇在和苏联会谈中取得的积极成果。

中央高度关注新疆

彭德怀向毛泽东报告进军新疆计划

早在 1949 年上半年，毛泽东就在考虑以和平方式解决新疆问题的可能性。

7 月 6 日，毛泽东在深思熟虑之后致电彭德怀，表明了他对新疆问题的高度关注，并作出了自己的决定。

电文如下：

> 除用战斗方式解决外，尚须兼取政治方式去解放，对此你们有何意见？我们认为，西北地区甚广，民族甚复杂，我党有威信的回民干部甚少，欲求彻底而又健全又迅速的解决，必须采用政治方式，以为战斗方式的辅助。现在我军占优势，兼用政治方式利多害少。其办法即为利用靠拢国民党人和我们的人一道组织军政委员会，作为临时过渡机构。这样的国民党人就是张治中、傅作义、邓宝珊。陶峙岳现在动摇，有和平解决新疆的意向。我们认为应利用张治中组织新疆军政委员会，以张治中为主席，我们的人（是否王震去新疆）为副主席再加伊犁方面一人为副主席，以为过渡机关。

毛泽东的电报为和平解放新疆问题指明了方向，令彭德怀等人深受鼓舞，增强了他们对解放新疆的信心。彭德怀用他浓重的湖南话对大家感慨地说道：主席真英明果断啊，我们一定要出色地完成党交给我们的任务，使受苦受难的新疆人民早日获得和平解放！

于是，彭德怀等人就抓紧时间准备进行解放新疆的伟大行动。8 月 19 日，彭德怀向毛泽东报告：在我攻占兰州、西宁、凉州（武威）后，以政治、军事双管齐下，争取某一部或大部放下武器和平改编的可能性是增加了的。

9 月上旬，彭德怀向中央军委报告了进军新疆的具体计划。准备在占领玉门以后，由王震率二军和六军向新疆进发，争取在 12 月底以前分驻于南疆和北疆。

毛泽东于 10 日复电指出：陶峙岳、赵锡光等已准备与我们和平解决。新疆主席包尔汉已派人至伊犁（今伊宁）附近接洽和平谈判，我们已令邓力群率电台近日内进驻迪化（今乌鲁木齐），故新疆已不是战争问题，而是和平解决的问题。

兰州解放后，为迅速追歼残敌，解放大西北，彭德怀命令许光达、王世泰的第二兵团于 9 月 4 日沿兰新公路向河西走廊挺进。第一兵团部率第二军由西宁地区北进，迂回河西走廊。9 月 21 日，跨越祁连山的第一兵团和第二兵团在张掖会师。河西地区之敌在野战军威逼下，在兰新公路截断后，纷纷起义和投降。

中央高度关注新疆

9月24日，国民党西北军政长官公署、后方联合勤务第八补给区司令部、第九十一军、第一二〇军等残部在酒泉宣布起义。随后第一野战军第三军一个快速部队抢占和保护了玉门油矿。第二军一部乘汽车进驻酒泉、玉门、安西等地。河西地区追击作战胜利结束。

当新中国成立的声音传遍世界每个角落的时候，全国人民都欢呼雀跃，期盼一个新时代的到来。在这个时候，人民解放军的钢铁之军，正行进在中南、西南、西北的广阔战线上。他们带着新中国成立的喜悦和兴奋，更加勇往直前，要坚决完成解放新疆的任务。

由贺龙领导的以陕、甘、宁、晋、绥联防军主力部队为基础组建的第一野战军，在彭德怀司令员的英明领导下，声东击西，战果显著。他们也得到了习仲勋和西北局负责人的全力支持和帮助。

解放军战士在广大人民群众的支援下，历经两年的艰苦战斗，取得了丰硕的战果，歼灭了国民党军在西北的主力部队，迅速解放了陕、甘、宁、青四省。这时，我先头部队第一兵团挺进到甘肃酒泉，解放军的钢铁之军已经逼近了新疆大门。

二、 新疆宣布和平起义

● 西北人民解放军在对西北国民党军进行军事
打击的同时，也加强了和平解放新疆的准备
工作。

● 张治中很快就把电报写好了，并送给毛泽东
主席审阅。

● 毛泽东主席和朱德总司令也向西北人民解放
军发出了命令："尽快进军新疆，早日完成
保卫和建设西北边疆的光荣使命！"

邓力群赴新疆争取和平起义

1949年8月26日，西北野战军一举攻下了兰州，于是，解放军一野第二兵团便开始沿兰新公路西进，直指新疆。

就在解放军逼近新疆大门时，毛泽东主席直接部署和平解放新疆的计划，并委派邓力群以中共中央代表身份前往新疆，争取新疆和平起义。

8月15日，邓力群刚刚到达伊宁，在苏联驻伊宁领事阿里斯托夫陪同下，就立刻与伊犁、塔城、阿勒泰"三区"临时政府领导和新疆联合政府副主席阿合买提江、民族军司令伊斯哈克伯克和联合政府副秘书长阿巴索夫进行接触和会谈，受到他们热烈欢迎。他们商定在伊宁开设代号为"力群"的电台，以便随时与中共中央保持联系。

新疆和平起义关键在于陶峙岳、包尔汉等国民党爱国人士政治态度的转变。于是，在9月16日上午，邓力群在包尔汉家里第一次与陶峙岳见面。一阵客气和寒暄之后，邓力群转达了中共毛泽东主席和张治中对他们的问候和关注，并转交了张治中给他们的电报。

对于邓力群的到来，陶峙岳、包尔汉心知肚明，而且很早就盼望着中共和他们联系，所以显得有些兴奋，但兴奋里也带着犹豫和顾虑。

邓力群表明了毛泽东主席的看法和中共对新疆问题的主张，陶峙岳、包尔汉表示接受中共中央提出的八项和平条件，走和平起义的道路。接着，陶峙岳向邓力群陈述了和平解放新疆的具体意见，并报告了军方和平起义的准备情况。包尔汉也向邓力群介绍了省政府方面关于和平起义准备工作的进展情况。邓力群对他们的工作给予了充分肯定，并给他们以鼓励。

不过，陶峙岳、包尔汉依然有很多顾虑，举行和平起义绝非是件容易的事情，将要面对各方面的阻力。

对于两人的顾虑，邓力群早有察觉，就这些问题询问了他们，试图坚定两人和平起义的信心。

就这样，陶峙岳、包尔汉对邓力群详细诉说了他们所面临的种种困难和阻力。

包尔汉说道："兰州虽然解放了，但马呈祥、叶成等人还不死心，对马步芳、蒋介石还抱有幻想。"

陶峙岳继续说："蒋介石像一个勾魂幡，在时时勾着马呈祥等人。叶成还时不时收到胡宗南命他抵抗到底的电报。我们已经对他们做了大量工作，等广州运薪饷的飞机一到，他们就乘飞机离开，把兵权交出来。"

邓力群带着自己的担心问道："如果飞机不来呢?"

陶峙岳肯定地说："会来的，会来的!"

邓力群说："我大军西进时刻表是不会因他们而改变的，希望陶将军抓紧做他们的转化工作，并希望尽快派代表到兰州，与我军西北野战军司令员彭德怀将军

新疆宣布和平起义

谈判。"

之后他们就起义的具体事宜进行了商谈。他们谈了很久，邓力群在临走的时候继续嘱托他们，说中共和毛泽东主席对他们很信任，期待着和平起义取得成功！两人再次感谢中共对自己的信任，说一定会尽力去做的，并说马上会派代表到兰州谈判。

事实上，邓力群到达迪化，对新疆主和派是一个很大的鼓舞。同时，新疆和平起义的各项工作，由于可以通过邓力群得到中共中央的直接指示而变得更加有序了。陶峙岳、包尔汉等关于和平起义工作的一些计划都直接向邓力群汇报，并通过他同中共中央联系。从此，中共中央一方面进一步劝说在北平的张治中，并通过他做好国民党新疆军政首脑的工作，另一方面通过邓力群直接领导新疆的和平解放工作。

与此同时，西北人民解放军在对西北国民党军进行军事打击的同时，也加强了和平解放新疆的准备工作。

至此，在中国共产党和毛泽东主席正确领导下，在解放军西北战场取得的辉煌战果和国民党政府迅速瓦解和崩溃的条件下，并在张治中和陶峙岳、包尔汉等国民党爱国人士的大力支持与配合下，新疆正一步步走向解放，另外邓力群更是在这次行动中做出了自己的努力。

张治中致电陶峙岳、包尔汉

　　1949 年 9 月 8 日张治中见过毛泽东以后，带着对新疆和平解放的热切期盼，按照毛泽东的嘱托连夜给陶峙岳、包尔汉写了一份电报。

　　张治中很快就把电报写好了，并送给毛泽东主席审阅。毛泽东看后对张治中的支持和帮助表示由衷的感谢。张治中的电报于 9 月 10 日发了出去，电文如下：

　　迪化陶副长官岷毓兄、包主席尔汉兄：

　　　　自接辰真电后，以西北人事更动，又因时机未至，故未再通讯。治于六月二十六日发表声明，由北平新华社播出，谅已接悉。今全局演进至此，大势已定；且兰州解放，新省孤悬，兄等为革命大义，为新省和平计，亦即为全省人民及全体官兵利害计，亟应及时表明态度，正式宣布与广州政府断绝关系，归向人民民主阵营。在中央人民政府未成立前，接受人民革命军事委员会之领导。治深知毛主席对新省各族人民、全体官兵、军政干部，常有关切，必有妥善与满意之处理。治已应邀参加即将召开之新政协会议，并承毛主席面商希望治能返新

新疆宣布和平起义

一行。当允如有必要，愿听吩咐。

甚望兄等当机立断，排除一切困难与顾虑。采取严密部署、果敢行动，则所保全者多，所贡献者亦大。至对各军师长或有关军政干部，如有必要，盼用治名义代拟文电，使皆了解接受。绍周、孟纯、经文诸同志均致意。兄意如何？盼即电复。

张治中

9月11日，张治中放心不下，就有关问题和自己的一些顾虑又单独给陶峙岳发了一份电报：

迪化陶副长官岷毓兄：

申灰电计达。兹治思及下列各点，特再电商：

（一）马子香父子（就是马步芳父子——编者）及其残余部队现在何处？其与黄祖勋、周嘉彬两军之关系位置如何？

（二）马呈祥态度如何？子香对其有所揭示否？如其形迹可疑，兄将如何应付？治意能子以开导说服最好，否则可调移该部驻焉耆、轮台，而以钟祖荫师调吐、鄯、托一带，令其安心以待，从长计议，不使其反抗为宜。

（三）现知黄、周两军在河西，王治岐军是

否亦西撤？兄已否派员前往联络？必要时可以治名义代拟电文，即令该三军今后行动应悉听兄之命令。如其已与青海马部隔离，最好以掩护东疆、阻止马部入新之目的控置于张掖、酒泉、玉门一带如何？

（四）在驻新将领中，过去受片面宣传之蒙蔽，难免有不明大势，执迷不悟或囿于派系感情作用者，盼告以治与大家患难相共，如能接受命令，治甚顾负道义上之责任，决不使大家再走错路，蒙受牺牲。但倘有一二顽固到底无法挽救者，似宜先予调换，以免优容偾事。

（五）省内保守一派，数年来呈多方控制，并加教育疏导，但其潜在势力，仍不可忽视。尤其维、哈两族中，惧苏惧共之心理时有流露，可否以治与兄名义发表文告，说明中共现所奉行者，既非共产主义，亦非社会主义，而为新民主主义，亦即与三民主义之基本要旨相符合。特别对少数民族采取平等团结，并保障宗教信仰自由之政策，新省对中央关系虽转变，而新省施政纲领所揭和平、民主、统一、团结之既定政策，绝无改变，以祛其疑惧之心。并盼与包主席邀约色以提、乌迈尔、尧乐博士、麦斯武德、伊敏、贾里木汉等到迪，分别予以开导，期共了解，藉免障碍。

新疆宣布和平起义

（六）对伊万之联络，此时似不可少，不知已进行否？最好仍请苏领居间保持接触。

（七）此事对英、美外交人员，事先应极端秘密，事后可予以保护，维持适当国际惯例之待遇。

（八）军粮冬服及各项经费筹备如何？为念！盼与包主席洽商，暂时只有在省内设法，一俟东西交通恢复，必有解决之方。在过渡期间，困难自所难免，此当时予关注者。

（九）据悉中苏在新省贸易及经济协定双方业已同意，但广州政府不允签订，固可遗憾，不过新的中央政府在下月即可成立，预料苏联将首先承认，而各项协定，当可继续商谈签订，经济状况，将必改观。以上各项，均治思虑所及，举以商询。深信兄对此一适应时代保全军民之革命行动，必已考虑周到，部署严密，使能稳健也顺利地完成也。

临电驰系，伫候佳音。

张治中

9月16日上午，邓力群在包尔汉的家中，转交了张治中9月10日写给他们二人的信。

看了这份电报的内容后，陶峙岳、包尔汉觉得电报的政策性很强，料想是经过毛泽东主席同意后才发来的，这让他们感觉到中共和毛泽东主席对他们的信任和肯定。

陶峙岳、包尔汉看完电报后很受感动，更加增强了举行和平起义的决心和信心。因为背后有中国共产党的支持，他们便可以放心实施自己的计划了。

新疆宣布和平起义

消除和平起义的障碍

张治中在发给陶峙岳的电报中，曾提到了自己的很多顾虑和嘱托，这些顾虑不是没有原因的。在他看来，国民党内部派别混乱，而驻新疆的国民党军队同样由不同的派别所控制，所以要想让新疆的和平起义取得成功，面临的阻力是很大的。

事实上，国民党驻新疆的部队，存在着两个军事系统，一个就是青海马家系统，另一个就是胡宗南系统。陶峙岳虽然是新疆驻军的最高领导者，可他能够直接领导的国民党军队只有四分之一，其他大部分军队都控制在马、胡嫡系的马呈祥、叶成、罗恕人等人手中，而这些人都是些顽固分子，很难接受陶峙岳的领导，更难接受和平起义的主张。

陶峙岳不属于任何一个军事系统，也和他们的交情不太深，因而陶峙岳对许多事情只能小心翼翼。这些人他都不敢得罪，对他们的一些事情也只能是睁只眼闭只眼。

当时，胡宗南系统下的整编七十八师师长和一七九旅旅长、军统特务罗恕人，控制着除马呈祥部之外的全部北疆国民党军的作战兵力。而骑兵五军军长马呈祥，是马步芳的外甥。他所控制的这支骑兵部队带有浓厚的封建宗教色彩，甚至显得反动而顽固。

由于这些派别掌握着国民党军队的实权，所以，叶、罗、马三人，凭借手中的兵权，时刻准备着分裂活动，逆历史潮流而动，试图阻止陶峙岳举行和平起义。陶峙岳在和邓力群会面之前就多次劝说叶、罗、马等人，希望他们审时度势，分清利害关系，要以民族利益为重，能够对新疆的和平解放给予理解和支持。

在新疆和平起义渐渐明朗化的时候，陶峙岳对叶、罗、马三人又进行耐心的劝说："如果我们到了既不能战，又不能和的地步，那可是进退两难啊，到时候必然会走投无路，新疆人民不会宽恕我们的，历史更不会原谅我们，那又何苦呢？至于我个人的生死荣辱，早已置之度外。何去何从，请大家选择吧！"

但陶峙岳如此诚恳的态度并没有使叶、罗、马的顽固心理发生转变，虽然国民党马上面临着崩溃的局面，已经无法再主宰中国的命运了，但三人依然顽固不化，仍做垂死挣扎。

虽说陶峙岳在上次和邓力群的会谈中曾说，叶、罗、马等广州运薪饷的飞机一到，他们就乘飞机离开，把兵权交出来，但那只不过是三人的幌子。事实上，他们暗中调兵遣将，实施他们的阴谋活动，并与胡宗南进行电报联系。

1949 年 9 月 19 日，胡宗南来电，命令叶成将新疆部队转移到南疆，并说明，如陶峙岳不走或阻止撤离，可

新疆宣布和平起义

作断然处置。叶成接到电后，连夜与罗恕人、马呈祥阴谋协商，决定于 20 日子夜开始让部队进行转移，准备行动前先秘密逮捕刘孟纯、屈武、陶晋初，以此胁迫陶峙岳随部队转移。

9 月 20 日，叶成找到陶峙岳。看到他的到来，陶峙岳就有一种不祥的预感，他知道他来找自己不会有什么好事情。果不其然，叶成带着他那奸诈的微笑说："你平常对我们很有感情，但近来你对罗、马变得没有人情了，这大概都是屈武、刘孟纯、陶晋初三人搞的，所以我们准备把三人抓起来……"叶成便把他们要转移部队的决定告诉了陶峙岳。

陶峙岳显得有些气愤，他严厉地对叶成说："我没有阻拦你们的行动，但是我作为新疆的警备总司令，必须要为你们考虑利害关系啊。倘若你们把三人扣押了，该如何对待他们？外界会怎么看？你们能够圆场吗？"

陶峙岳停了停，端起旁边的一杯茶猛喝了一口，继续说道："现在大家都到了走投无路的地步，还有什么不可以商量的？我所做的一切都是为了你们好，为什么不能理解我呢？不要到时候弄得大家都难堪，都无法收场！我打电话把罗、马找来，大家坐下来认真谈谈。"

接到陶峙岳的电话后，罗恕人、马呈祥就马上赶到了。陶峙岳面对这突然的变故，稳而不乱，显得极其冷静。三人到一起后，陶峙岳直接切入主题："我们今天不能作楚囚对泣，唉声叹气，一定要坐下来好好谈事情！"

三人看着陶峙岳不说话，显然他们没有把他放在心上，于是陶峙岳继续说道："你们说我对你们没有感情，这怎么可能呢？丢开长官部属的关系不说，我们毕竟在一起相处了这么多年，我对你们如何，想必你们心里很清楚，现在到了大家生死存亡的关头，我怎么会没有感情？"

　　陶峙岳动情地说道："今天的事情可以从爱憎、是非和利害关系三方面看，爱憎和是非不必说了，可利害关系我必须说一说。你们既要进关，我从来没有表示反对过，而且愿意尽我所能为你们提供车辆、汽油和军费，但是人太多了，连军政人员总不下 10 万，你们想，我怎能把他们扔在戈壁滩上不管？我真的是为你们担心啊！"

　　陶峙岳又说道："你们这样做是不对的。这是关乎 10 万国民党军队的生死问题啊！不能太鲁莽了，给大家留个后路才可以啊！如果你们走错了路，对 10 万人如何交代？"

　　三人被陶峙岳的真情打动了，想想这些年陶峙岳对自己也不错，也觉得自己的举动确实太鲁莽了。三个人站在那里黯然神伤，默默不语。许久，罗恕人经过深思熟虑后说了一些心里话，说着说着，竟然流出泪来。从罗恕人的泪水中，陶峙岳看到了希望，他觉得自己可以说服他们。

　　第二天，陶峙岳为了尽快说服三人，阻止他们的阴谋计划，他又去见了马呈祥，继续对他规劝道："你们想

新疆宣布和平起义

035

怎么走就怎么走，需要我帮助的地方我都会照办，但有一点，我不能跟你们走！"

陶峙岳又说道："新疆是不可以发生战争的，一定要和'三区'的临时政府妥协，我会把生死置之度外，以性命担保大家，但绝不是我能起到什么政治作用！"

对于陶峙岳的话，马呈祥很有感触，他顽固的心态开始动摇了，觉得应该好好考虑一下。

从马呈祥那里回来，陶峙岳单独到了罗恕人那里，对他耐心地说道："马呈祥是青海人，本乡本土，到时化整为零，也能打些游击战，你又不是青海人，你现在和马的感情虽然很好，但到那时候就不是个人感情所能维系的了，你应该慎重考虑啊！"

陶峙岳又坦白了自己的态度，他深情地说道："你们带部队走也好，个人离开也好，都要慎重对待自己的未来和那些跟随你们的军队。我会把一颗赤裸的心放在你们面前，要让你们知道，我会与全新疆人民同生死。这是我的责任，必须把老百姓的安危放在第一位，万死不辞。"

罗恕人虽然没有表态，但从他那闪烁的眼神里，陶峙岳看到了他的态度在发生着改变，这令陶峙岳很欣喜。

马呈祥已发生动摇，叶成尚无表态，但罗恕人如果可以说服他，和平起义的阻碍就少多了。当时警察局长刘汉东和罗、马交情很好，鉴于这种情况，刘孟纯和陶峙岳商定后，就通过刘汉东向罗、马做工作，甚至直接和他们深谈。

有一天，刘汉东找到陶峙岳说："马呈祥想把军队交出来，打算走人，罗恕人也有这样的打算！"

陶峙岳马上找到罗恕人、马呈祥，诚恳地说道："我对你们的决定感到很欣慰，新疆人民也会感谢你们，你们可以放心地离开了，我会为你们提供一切帮助。"

在 1949 年 9 月 22 日，胡宗南却急电叶成、罗恕人，责令他们肃清迪化"叛乱"分子，尽快把国民党部队撤离南疆，并表示今后要空投物资进行接济等。

但三人已经交出兵权准备离开，所以叶、罗、马根本就没有理会胡宗南的"责令"。

马呈祥、罗恕人于 9 月 24 日，叶成于 9 月 25 日清晨先后离开了迪化，经南疆到了巴基斯坦，然后转道去了台湾，永远地离开了新疆。

至此，新疆和平起义的一大障碍也就随之消除，和平起义的曙光已经越来越明亮了。

新疆宣布和平起义

陶峙岳、包尔汉致电张治中

1949 年 9 月 17 日，陶峙岳与包尔汉复电张治中，表示已经接受和平起义的主张，并在进行周密的准备，在保障国家领土、维护全省和平、避免无谓牺牲的原则下，采取积极而有效的行动，马上会与国民党政府脱离关系，归向人民民主阵营。

电文如下：

文白将军钧鉴：

九月十日戍平电奉悉。新局前途，承详切指示，至深感激。自全国和局未成，钧座留平不返，职等在此，半年来与绍周、孟纯、经文诸兄，无时不审慎筹议，在保障国家领土，维护本省和平，及避免军队无谓牺牲之三项原则下，选择时机，和平转变。经长时间的努力，此项主张，已获得全疆人士及全军将士之拥护。除少数法西斯，如马呈祥、叶成、罗恕人等，基于个人立场，决定率少数干部最近趁机离开迪化外，其余全数部队均将就驻原地，继续维持地方秩序。待马等离开后，即由峙岳领导，宣布与广州政府脱离关系，依照《国内和平协定》，接受人民革命军事委员会之领导。至政府方面，在策略转变时，即同时根据钧座与三区所订之《和平条款》，邀请三区原参加省府委员返迪，恢复合作，遵循已定之和平、统一、民主、团结政策，及本省《施政纲领》，在中央人民政府尚未成立之前，暂时维持地方政务，听候中央命令，组织本省临时人民政府。预计上项工作，在本月内可以全部圆满完成。职等自信，深明革命大义与本身职责，个人对政治上绝无企求，只期全省和平获得保障，人民不涂炭，军队不致牺牲，则对国家、对各族人民应尽之责任，即已达成，亦即有毛主席及钧座之期望也。除将和平解决新疆问题意见，书面交邓力群先生转陈主席，谨电奉闻，乞释厪注。此间人民殷盼钧座早日莅临指导，何时命驾，恳先电示为祷。

陶峙岳、包尔汉

九月十七日

同时，陶峙岳又单独致电张治中，告诉他新疆的种种情况，和平起义指日可待。

电文如下：

文白将军钧鉴：

申真电奉悉。此间基本决策，已与包主席联衔电呈，祈赐指示。兹谨就电询各项，分报如次：

一、马子香父子，现已携眷出国朝汗。其残部，在青海大部溃散，消灭。各级将领，均向人民解放军投诚。在甘省河西境内，已无青海军队。黄周两军，与马部已经没有联系。

二、马子香，自西宁逃亡后，对马呈祥迄无指示。马呈祥经予说服，其个人，将率少数干部，离迪出国朝汗。所部，并交职领导转变。

三、王治岐军，并未西撤。关于河西方面，现由曾震五（西北军政长官公署副参谋长——编者注）兄来迪面商，已有部署。决于新省问题解决后，随即由职领导转变。希望最近能与兰州当局发生联系。乞设法转知与周直洽。

四、驻新将领，除马呈祥、叶成、罗恕人，将率领少数干部，离开部队东返外，其余均无问题。俟渠等离迪后，职当妥为晓谕。

五、伊敏、艾沙等，决定率少数民族派，赴巴基斯坦。保守派头目，如贾里木汉、哈德万（迪化区专员——编者注）、乌斯满等，亦决定离新。职已与包主席详商，准许渠等个人安全离开，不加阻挠。至各族民众，则妥为宣慰，俾安居就范。

六、对伊方联络，已由包主席办理。拟依据和平条款，施政纲领，恢复合作。但在军事方面，似应各守原防，听候中央处理，避免任何不必要的误会。

七、美领馆已撤退，只留副领事一人。英领事，在此无甚作用，必要时，当予以保护。

八、此间最感困难者，为军费问题。从七月份后，军饷即未发放，军心殊不安定。经数月来向广州极力交涉，以全军东调为理由，催索各项费用。最近包机运款前来。如全数（约一百八十万银元）能运抵迪化，则目前勉可维持。数月来，所以始终未敢明朗表示态度者，此实为主要原因之一。至省府方面，亦复库空如洗，包主席实无能为力也。

九、中苏亲善关系，在新日有增进。贸易及经济合作协定之迄未签订，并非新省负责人员问题。此点苏方已完全谅解。深信新政府成立后，自可顺利解决。总之，新省情形特殊，一切不能与内地等量齐观，此为钧座所深悉。现在问题，除将来补给方面，应请中央妥为筹济外，暂仍旧可以渡过严冬。

职可负完全责任，决无任何顾虑。今后新省问题，似仍宜着眼于民族、经济、政治各方面，顺应人心，执行钧座已定之政策，由毛主

新疆宣布和平起义

席审慎考虑，加以领导。为国家奠定边疆百年大计，实为当前急务也。谨电奉陈，敬乞随时指示。

陶峙岳

九月十七日

张治中收到包尔汉和陶峙岳的电报后，就送给毛泽东过目。毛泽东在看到两人的电文后，深感满意，写信给张治中，进一步商讨和平解放新疆具体事宜。

9月19日，也就是在邓力群到达迪化的第四天，包尔汉通过邓力群给毛泽东发报，表示了对新疆和平起义的决心。电文称："此间对新民主主义及尊重少数民族利益之号召，早具坚强之信心及拥护之赤诚，并为之克服困难。已经决意与国民党反动政府脱离关系。"

同时表示：他已准备一切力量消灭反动势力，接受领导。俾每一角落共庆新生，以完成贵党所领导的整个中国之解放！

毛泽东收到包尔汉的电报后，立即给他回电以示嘉勉。电文中说道：

新疆局面的转变及各族人民的团结，有赖于贵主席鼎力促成。尚望联络各方爱国民主分子，配合人民解放军入新疆之行动，为解放全新疆而奋斗！

毛泽东的回电，给包尔汉以更大的鼓励和信心。接电后，包尔汉马上按毛泽东电报上的建议，更加努力地开展和平解放新疆的工作，为挫败叶、罗、马的暴乱阴谋，赢得新疆的最终和平解放作出了积极的贡献。

新疆宣布和平起义

陶峙岳派员与彭德怀谈判起义事宜

上次在包尔汉的家中，邓力群见到了陶峙岳，转交了张治中的电报，和他们进行了长谈，并希望他们能早日派代表到兰州和彭德怀司令员进行谈判。

就在第二天，陶峙岳派刘孟纯告知邓力群，已决定派国民党中将司令曾震五代表陶峙岳和河西警备司令部，于20日由迪化出发，赴兰州与彭德怀将军谈判。

1949年9月17日，陶峙岳、包尔汉复电张治中，表明起义决心。9月18日，陶峙岳、刘孟纯交给邓力群一份《新疆问题和平解决意见书》，要求转报中央。

邓力群不解地看着他们，说道："这个意见书是不是新疆和平转变的前提条件？"

陶峙岳、刘孟纯笑着说，该文件不是新疆实现转变的前提条件，而是实现转变后，他们对今后解决新疆问题所提的意见，何者采纳，何者不采纳，悉由中央决定。同时，肯定而明确地说："这次转变是无条件的。"

曾震五在9月20日就动身去了兰州，到达兰州后，彭德怀热情接见了曾震五。对他的到来，彭德怀表示欣喜和安慰，总是笑呵呵的样子，一点都没有司令员的架子，完全把曾震五当成了自己人。

在来兰州之前，曾震五就听说彭德怀司令员是一个血气方刚，却平易近人的将军，今日一见果然如此。所有的一切都让曾震五很感动，让他觉得投向人民民主阵营是一个明智的选择，也增强了他对进行和平起义的决心和信心，他相信每个爱国的国民党将领都会同意这个伟大的行动。

于是，曾震五转达了陶峙岳对彭德怀司令员的问候，会谈在很友好的气氛中进行。彭德怀代表中共中央提出四点意见，如下：

一、中国人民解放军第一野战军在 1949 年冬必须结束西北解放战争，以便明年进入和平建设，新疆不能例外。

二、事实证明，过去国民党在新疆采取所谓的和平政策既是做不到，也是不愿做的。

三、国民党军队、政府腐败透顶，如无人民解放军援助，靠自我转变是不可能的。从实际意义上讲，国民党军队不是什么转变，而是彻底改造。因为国民党不是某些错误的问题，而彻头彻尾的反动，不彻底改变其性质是不行的。

四、国民党在新疆的所有军队，必须按人民解放军制度进行整编。

会谈结束了，曾震五带着彭德怀的四点意见和嘱托，

新疆宣布和平起义

马上赶到了迪化市，而在那里，陶峙岳已经焦急地等待他多时了。

和平起义的火焰仿佛就要在陶峙岳的心中熊熊燃烧，所以他此刻显得很激动，很想知道会谈的结果怎么样。他想有了解放军的大力支持，他就可以大胆地进行和平起义的行动了。

曾震五回来后，首先转达了彭德怀司令员对他的问候和嘱托，并把会谈的具体内容向陶峙岳作了全面汇报。

听后，陶峙岳激动和兴奋地对曾震五说："现在，新疆和平起义已经万事俱备，只剩下通电昭告于天下了。"

和彭德怀会谈后，他们就开始和平起义的计划了。

新疆驻军宣布起义

在西北战场上，随着绥远的解放，新疆问题到了揭盖子的时候了。

早在1949年9月21日，各党派代表在北平召开了中国人民政治协商会议第一届全体会议。

毛泽东在日理万机的空隙，仍然致电张治中，希望他能继续给新疆的陶峙岳和包尔汉等人及河西的老部下做工作。

电文如下：

文白先生：

前次先生致陶峙岳电，我在电尾加了几句话，要陶与中共联络员邓力群妥为接洽。邓力群已由伊宁于15日至迪化与陶、包见了面，谈得还好。关于周、黄（指第120军军长周嘉斌、第91军军长黄祖勋——编者注）两军，自向甘凉肃退后，现至何地不明。已电彭德怀同志注意与该两军联络，不采歼灭方针而取改编方针，未知能如所期否？要紧的，除由迪化派代表去兰州谈判外，周、黄自己应迅速主动派代表去前线认真谈判，表示诚意。因我军已由兰州青

新疆宣布和平起义

海分两路向张披疾进，而周、黄自天水西撤后，沿途派人谈判均未表示诚意，一面谈，一面跑（大概是惧歼，图至河西集中保全），使我前线将士有些不耐烦。（兄给周嘉斌信已送达周部，但未知周本人看到否？）现在先生如有电给周，可由邓力群交陶峙岳转去。

敬问日安！

毛泽东

9月21日

9月22日，张治中接到毛泽东的电报后，立即发电报给陶峙岳和包尔汉，嘱咐陶峙岳立即派人与彭德怀副总司令接洽宣布起义。

张治中要求陶峙岳以自己的名义电示在河西的周嘉斌、黄祖勋两军接受陶峙岳的命令，直接派人与解放军前线将领接洽，以表示自己的诚意。

电文如下：

迪化陶副长官峙岳兄并转包主席尔汉兄：

九月十七日两电均悉。兄等态度正确，措置适当，至为欣慰。毛主席阅电亦表嘉许。但不悉马、叶、罗等已否离迪？又兄与黄、周两军已否取得联络？即盼治名义电渠两人接受兄之命令，并径派人与解放军前线将领接洽，表示诚意，此时殊不应再有所犹豫顾虑，自贻伊戚也。

又：兄能即派员与彭德怀司令员秉承毛主席指示再走赴迪问题。各情盼随时电告。

张治中

接到张治中的电报后，陶峙岳一面电示周、黄两部接受命令，一面紧锣密鼓地进行和平起义的最后工作。

在这种情况下，国民党国防部联合勤务总司令部第八补给区司令曾震五，代表陶峙岳赴兰州同中国人民解放军第一野战军司令员彭德怀见面，就和平起义的具体事项进行商谈。

曾震五到兰州商谈回来后，按中共中央的嘱托和意见，陶峙岳等国民党爱国将领，就和平起义的最后事项进行商定。大部分将领都表示赞同和平起义的决定。

在民族利益和个人利益面前，他们毅然选择了前者，也许正是他们的这种转变，才给历史留下了美好的一面，不管是新疆人民还是新中国都会感谢他们所作出的贡献。

最后陶峙岳代表大家草拟了起义电文。9 月 25 日，陶峙岳即将拟好的起义电文交梁客浔设法发给中共中央。

但此时，新疆各地驻军的通信都已中断，一时难以找到电台，在没有办法的情况下，梁客浔找到新疆电信局局长王叔章，要他一定要把这份电报发出去！

于是，王叔章连夜守在发报机旁，反复呼叫，终于

新疆宣布和平起义

寻到了张家口解放军的某部电台。

因该电报是发给毛泽东、朱德的起义通电，该部电台欣然接收，并立即转发到北平。

国民党新疆驻军于 9 月 25 日宣布起义，由陶峙岳总司令领衔，各师旅长联名给毛泽东主席和人民革命军事委员会来电，表示和广州政府断绝关系，接受和平改编命令。

起义通电如下：

毛主席、朱总司令、彭副总司令，人民革命军事委员会，并请转人民解放军各野战军司令员、副司令员、政委，及中国人民政治协商会议第一届大会诸代表钧鉴：

我驻新将士三四年来秉承张治中将军之领导，拥护对内和平对外亲苏之政策。自张将军离开西北，关内局势改观。而张将军复备致关陇，责以革命大义，嘱全军将士迅速转向人民民主阵营，是对国家有所贡献。

峙岳等分属军人，苟有利于国家人民，对个人之毁誉荣辱，早置度外。现值中国人民政治协商会议第一届大会正举行集会，举国人民所殷切期望中华人民共和国即将诞生，新中国已步入和平建设之光明大道。

新疆为中国之一行省，驻新部队为国家戍

边之武力，对国家独立、自由、繁荣、昌盛之前途，自必致其热烈之期望，深愿为人民革命事业之彻底完成，尽其应尽之努力。峙岳等谨率全军将士郑重宣布：自即日起，与广州政府断绝关系，竭诚接受毛主席之八项和平声明与国内和平协定，全军驻守原防，维持地方秩序，听候人民革命军事委员会及人民解放军总部之命令。谨此电闻，敬候指示。

新疆省警备总司令陶峙岳，副总司令兼整编四十二师师长赵锡光，整编骑一师师长韩有文，整编七十八师师长莫我若，旅长钟祖荫、李祖唐、田子梅、韩荣福、郭全梁、朱鸣刚、罗汝正、刘抡才、杨廷英、马平林同叩。

九月二十五日

通电宣告后，在新疆各界引起了巨大的轰动，受到了各族人民的肯定和高度赞扬，同时也让国民党顽固势力极为惶恐，更让世界为之震惊。

新疆老百姓热切盼望着新疆的真正解放，他们相信历史总会向好的一面发展，对新中国的未来一片憧憬。

9月26日，新疆省政府委员举行紧急会议，包尔汉也决定与国民党政府断绝一切关系。

通告如下：

新疆宣布和平起义

051

　　我们深刻了解，新疆人民的唯一的愿望，是在统一独立自由民主祖国的扶助之下，才能完成富强康乐的新新疆的建设，更进而为全国和平建设贡献其力量。现在中国人民政治协商会议第一届大会已经召开，一个统一独立自由民主的新民主主义的中华人民共和国的诞生就在目前。全国人民，都为这有史以来伟大工程的奠基而欢欣鼓舞。新疆全省人民，对于新中国的诞生，尤其感觉兴奋。我们现在代表新疆省政府和全省各族同胞郑重宣布：自即日起，和广州反动政府断绝关系，竭诚接受毛主席的八项和平声明和国内和平协定，并将省政府改组为新疆省临时人民政府。暂时维持全省政务，听候中央人民政府的命令。同时邀请留在伊宁的省委们回到迪化，共同合作。深信本省在中国共产党和伟大领袖毛主席的英明领导之下，必能迅速地走上光明灿烂的和平建设大道。

　　新疆驻军和新疆政府宣布和平起义后，到了 9 月 28 日，毛泽东主席、朱德总司令致电嘉勉陶峙岳、包尔汉，对他们作出的伟大抉择和行动表示由衷的欣慰和赞美，同时，在电文中对他们今后的工作还提出了殷切的希望和很好的建议。

　　电文如下：

陶峙岳将军及所属部队将士们、包尔汉主席及所属政府工作人员们：

你们9月25日及26日的通电收到了。我们认为你们的立场是正确的，你们声明脱离广州反动残余政府，归向人民民主阵营，接受人民政治协商会议的领导，听候中央人民政府及人民革命军事委员会的命令处置。此种态度符合全国人民愿望，我们极为欣慰。希望你们团结军政人员，维持民族团结和地方秩序，并和现在准备出关的人民解放军合作，废除旧制度，实行新制度，为建立新新疆而奋斗！

毛泽东、朱德

1949年9月28日

在那些日子里，410万新疆各族人民互相转告着国民党军和平起义的好消息，每个人的心里都是那么兴奋，他们仿佛在庆祝一个重大的节日。

这是有史以来从未有过的大事！而当你走在美丽省会迪化的大街小巷时，你会发现，每一个人的脸上都荡漾着微笑，而且不断会有热烈的欢呼声在你的耳边响起。

为了使新疆早日获得解放，更为了迎接解放军兄弟的到来，新疆各族人民做着积极的准备工作，到处筹措粮草物资。

新疆宣布和平起义

　　在这个时候，毛泽东主席和朱德总司令也向西北人民解放军发出了命令："尽快进军新疆，早日完成保卫和建设西北边疆的光荣使命！"

　　至此，新疆和平解放遂成定局。

三、 解放军挥师进新疆

● 彭德怀说："大家要以最快的速度进军新疆，把它真正控制在我军手上。"

● 毛泽东在回复包尔汉的电报中曾说道："望联络各方爱国人士，配合人民解放军入疆之行动，为解放全新疆而奋斗！"

● 广大官兵纷纷表示："困难再大，没有我们的决心大！威胁再多，也阻挡不了我们进军新疆的坚定步伐！"

解放军的进军部署

　　新疆国民党驻军和新疆政府在陶峙岳、包尔汉等人宣布和平起义以后，为实现新疆和平解放打开了局面。但是，国民党反动分子仍在策动阴谋活动，做最后的垂死挣扎，妄想趁人民解放军尚未进疆之际，发动反革命叛乱，破坏和平解放，阻挠人民解放军进疆。

　　为使新疆早日获得真正解放，1949 年 9 月 28 日，第一野战军前委发出"关于入新工作的指示"，指出："这一永垂不朽的艰巨而重大的任务，将很光荣地落在一、二兵团之二、六两军、装甲车营的身上。"并就进军作出新的部署："二军将进军北疆之哈密、奇台、迪化与伊犁。六军将进军南疆之吐鲁番、焉耆、库尔勒、阿克苏、和阗、于阗。除准备各地区之地方干部外，并须准备改造陶峙岳军队的政治干部。"

　　当时王震考虑到第二军原来就隶属第一兵团建制，加上历史关系，应让第二军担负一些更艰巨的任务，便向野战军前委建议改变原来进军的部署。野战军前委批准了王震的建议，改第二军为左路军，进军南疆，第六军为右路军，进军北疆。

　　到了 10 月 6 日，新中国刚刚成立不久，彭德怀带着胜利的喜悦之情，快马加鞭地从兰州赶至酒泉，亲自主持了一野第一兵团党委的扩大会议。与王震等人一起商讨部署进军新疆的详细计划。

因为新中国的成立，大家脸上都荡漾着微笑，但他们知道还有重要任务等待着自己，所以，他们不敢怠慢，仿佛已经看到新疆人民那一双双期盼和平的眼睛，这都促使他们以更大的热情和信心投入到新疆的解放事业中去。

在会上，彭德怀对全体师以上干部传达了毛泽东主席和朱德总司令的命令，彭德怀带着微笑却十分坚定地说："同志们，新疆的国民党实行了和平起义，现在新疆和平解放了，这是一个很好的消息，但是新疆有5300余公里的边防线，这些边防线都急切地需要我们去接管和防守，另外新疆还有7万至8万的国民党起义部队需进行统一改编。同时，那里依然不安定，一些国民党军中的顽固分子阻挠我军的和平解放。所以大家要以最快的速度进军新疆，把它真正控制在我军手上……"

会上经过认真研究，进军新疆的计划全部形成，王震司令员向部队下达了最后的命令。他看着大家铿锵有力地说道："进疆的主力于10月开始进军，明年3月底以前必须完成全部接防和改编起义部队的工作！"

王震又详细介绍了行动计划：以战车五团附一个加强步兵连为先遣队首先行动，开进省会迪化；第二军四、五、六三个师乘480辆汽车分两路进疆；第六军乘飞机和汽车开进北疆、东疆和迪化，从而完成进军行动。

解放军挥师进新疆

中共中央和中央军委对这次行动高度关注，决定提供 300 到 400 辆汽车、50 万块银洋及单独在新疆使用的货币，并商定由苏联民航派来 40 架运输机，另从华东军区抽调了 425 辆汽车，别处抽调了 100 余辆汽车，又从原国民党起义部队中筹集了 320 辆汽车加上原一兵团自己的车，这样一共有 1100 余辆汽车担任了进军新疆的陆运任务。此外还有许多商车和近 5000 匹骡马也准备参加这次伟大的行动。

更让人惊喜的是，西北军民仅 20 多天时间就筹集了大量的粮草衣物和御寒物资，多达几千吨，加上东北解放区军民的大力支援，已经为进入新疆做好了充分的准备。

其实早在中共中央给予帮助之前，王震就曾考虑让苏联支援 40 架伊尔型运输机帮助运输进军北疆，就向彭德怀建议，将原先的部署进行调整。

因已确定进军北疆部队将由飞机、汽车运送，而进军南疆部队只能部分车运，主要是徒步前进。因此，他向彭德怀建议改变原来进军的部署，彭德怀表示同意，并对王震的公正的党性原则深感钦佩，于是就决定：第二军改为进军南疆，第六军改进北疆。

1949 年 10 月 7 日，解放军战车五团首先西出玉门关，北穿星星峡，开始了向迪化市的挺进……

第二、六军挥师进疆

白雪照祁连，乌云盖山巅。

草原秋风狂，凯歌进新疆。

　　这是王震将军在部队西进途中写下的一首诗，这首诗成了大军西进的战歌。根据中央军委和第一野战军前委的一系列部署，1949 年 10 月 12 日到 1950 年 1 月 15 日，第一和第二兵团的二、六军各部从陆地到天空数路大军齐头并进，向新疆展开了气势磅礴的大进军。

　　1949 年 10 月 12 日，第一兵团先头部队第二军第四师在军长郭鹏、政委王恩茂、副军长顿星云率领下，离开酒泉开始向新疆进军。也就在同一天，第一兵团的战车第五团也离开玉门油矿向新疆开进。与此同时，华东野战军支援的汽车团和苏联援助的 40 架运输机先后抵达酒泉。

　　10 月 13 日至 15 日，第二军第四师 3 个步兵团及第二军指挥所、战车第五团先后抵达东疆门户哈密。人民解放军进疆前夕，驻哈密国民党军第一七八旅部分官兵在少数反动军官煽动下破坏起义，制造了抢劫银行黄金和纵火的事件。第二军所部抵达哈密后，迅速将叛乱分

解放军挥师进新疆

子包围缴械，稳定了新疆局势。

而战车第五团在哈密稍事休整后，又立即向迪化挺进。第二军第四师一部亦起程经吐鲁番转赴南疆。10 月 16 日，第二军第四师先头部队抵达鄯善，当地国民党驻军第六十五旅第一九四团三营部分官兵叛乱，阻挡人民群众欢迎解放军，制造了杀害县长和抢劫市民财产、烧毁民房的严重事件。郭鹏军长经请示王震司令员，命令部队立即将三营营部、机枪连和九连全部解除武装，迅即平息了叛乱。

10 月 22 日，第四师师直率第十一团进驻焉耆。因仅仅拥有 400 余辆汽车，且多数已破损，沿途油料供应也困难，无法保养和修理，第四师遂放弃汽车，徒步继续前进。

10 月 23 日，第四师全部抵达焉耆。26 日由焉耆出发，徒步前进 970 公里到 1195 公里，所属各部于 11 月 20 日到 26 日分别进驻各自防地：第十二团进驻巴楚、伽师、岳普湖；第十一团进驻莎车。11 月 26 日，第四师师部、师直及第十团进驻喀什，与新疆民族军一部胜利会师，当地维吾尔族人民倾城出动，载歌载舞，箪食壶浆，欢迎人民军队。

10 月 26 日，第二军第五师全部进驻哈密。11 月 7 日，师部与第十三、十四团车运至吐鲁番后，第十三团继续车运经托克逊到焉耆，后徒步前进至库车。

而 1949 年 11 月 4 日，罗元发军长、张贤约政委率领第六军，开始了人民解放军进军史上规模空前的空运和车运。11月5日，第六军先遣营乘飞机飞抵迪化。6日，第一兵团指挥部、第六军第十七师第五十团、师直及第六军军直机关到达迪化，当即成立了迪化警备司令部，第十七师师长程悦长任司令员，接管迪化防务。

11月7日，王震司令员及罗元发军长、饶正锡副政委一行40余人，从酒泉乘飞机抵迪化。8日，迪化军政各界举行欢迎会。王震宣布，中共中央新疆分局成立。10日，新疆省临时政府召集各机关负责人会议，王震说明了中共中央新疆分局当前工作方针和解放军进疆后的接管原则。

第六军各部自11月6日起至1950年1月15日止，从酒泉空运哈密2908人，由哈密空运迪化9538人，合计1.2446万人。1949年11月4日到1950年1月13日，从酒泉车运哈密1.2982万人；从安西车运哈密2540人；从哈密车运迪化6550人；从迪化车运绥定、惠远2492人（第十七师第五十团）；从迪化车运绥来（今玛纳斯）2112人（第五十一团）。第六军所属部队除第十六师一部至1950年3月底抵达哈密外，其余各部均于1950年1月13日前先后进入哈密、迪化，完成了沿镇西（今巴里坤）、伊吾、奇台、木垒、阜康、昌吉、景化、绥来、伊宁一带的布防任务。

部队入疆，全军牲口以军直和师为单位分别组成若干骡马大队，先后由酒泉出发，最远的第二军第四师骡

解放军挥师进新疆

马大队徒步行军86天，行程2.8375万公里，胜利到达目的地。第六军500余名战士，赶着2000余头牲口，徒步行军68天，行程1500余公里，历尽千辛万苦，安全到达迪化、哈密、绥来、古牧地（今米泉县）等指定位置。

1949年12月，第一兵团第二军、六军先后到达指定防区，各部队驻防地区及其主要负责人是：第一兵团团部驻迪化，司令员王震，政治委员徐立清，参谋长张希钦，政治部副主任曾涤；第六军军部及第六军第十七师驻迪化，军长罗元发，政治委员张贤约；第十七师师长程悦长，政治委员袁学凯；第六军第十六师驻哈密，师长吴宗宪，政治委员关盛志；第二军军部及第四师驻疏勒，军长郭鹏，政治委员王恩茂；第四师师长杨秀山，副政治委员曾光明；第二军第五师驻阿克苏，师长徐国贤，政治委员李铨；第二军第六师驻焉耆，师长张仲瀚，政治委员熊晃。

1949年12月17日，新疆军区和新疆省人民政府成立，中国人民解放军入疆部队和"三区"革命民族军及新疆起义部队在迪化会师，举行了联合入城仪式。彭德怀、张治中、王震等莅临检阅。

1950年1月7日，彭德怀副总司令在中央人民政府委员会第五次会议上做《关于西北工作情况》报告，宣布西北已全部解放。人民解放军已进驻新疆全境，中华人民共和国的国旗已飘扬在祖国最远边疆帕米尔高原。

第一兵团第六军的部分先遣人员按总部指示，乘坐苏联提供的第一架运输机于 1949 年 10 月 10 日飞抵迪化，建立了空运的指挥机构，从此，一个我军史无前例的大规模的空运部队战略行动开始实施。

从 11 月 5 日开始，由苏联提供的 40 架大型运输机，将我一兵团指挥部、直属部队和第六军一部先后空运到哈密、迪化等地接防。到 1950 年 1 月 20 日止，先后由酒泉飞往迪化的空运飞机共 543 架次，共计 1.5 万多人。从酒泉飞往哈密飞机共 160 架次，空运部队 4185 人。

至此，新疆已经基本解放。

为解放新疆，人民解放军的钢铁之师在这次行动中作出了重大贡献和牺牲，这一切都将永远留在新疆人民的心中。

解放军挥师进新疆

先遣队险遭"鸿门宴"

1949年9月23日毛泽东在回复包尔汉的电报中曾说道:"望联络各方爱国人士,配合人民解放军入疆之行动,为解放全新疆而奋斗!"

而当时,彭德怀与王震制订了进军新疆作战计划,准备兵分三路挥师进入新疆。10月6日,王震下达进军新疆的命令之后,战车五团等先头部队首先向新疆开进。

当时,浩浩荡荡的战车五团在一望无际的戈壁上昼夜不停地开进着。解放军激情高涨,克服了大沙漠大戈壁的干燥缺水、寒热不适等严酷的自然考验,向着新疆的方向坚强地迈进。

当战车五团这支先遣队刚刚开进东疆哈密时,受到了国民党整编一七八旅的"盛情欢迎宴请"。这个旅的头目并不是真心参加起义的,当他了解到战车五团先遣队人数不多,车辆不多而且都是旧的时,便秘密策划了一个想吃掉这支先遣部队的"鸿门宴"。

他们把战车五团车队有意引进了一条只有一个通道的河套里。战车五团的司机们看到这个河套坝子地势险恶,很难通过,而且附近可能有埋伏,于是,该团立刻实施了侦察工作。真的如他们所料,一条条消息传到了战车五团团长胡鉴那里。

"报告团长，这里只有一条道，而且地形险恶！"

"报告团长，山上好像有人在监视我们的车队。"

"报告团长，这条河套太危险，完全被置于对方的炮火控制范围内！"

胡鉴团长觉得其中有诈，陷入了沉思。他从对方奇怪的迹象中已觉察到了这支国民党军想消灭他们的企图。他感叹对方的阴险狡诈，又认为对方也太幼稚了，低估了战车五团的判断力。

该怎么办呢？是马上消灭他们吗？但他这个时候想起毛泽东主席的话来，于是，为了既保证和平条约的执行，又防止发生意外的情况，胡鉴思前想后，最后决定："他们的宴请我们照常出席，一人不少地去赴宴！"

就在对方以为胡鉴等人已经中计正准备下手的时候，他们突然接到解放军战车五团所有车辆已全部转移到哈密城北的制高点等安全地带的讯息。而且解放军数十名战士已埋伏在宴会厅周围，随时准备应付意外情况。

"撤，撤，撤……"敌头目见自己的阴谋被识破后，一面感叹解放军的慧眼和谨慎，一面在无奈之下放弃了自己的阴谋行动。

宴会照常进行，胡鉴团长在宴会上劝说对方要以民族大义和新疆人民的和平安定为重，并对他们做了大量的思想工作。就这样，战车五团在胡鉴的果断决策和快速应变下，成功地化解了危机，保证了我军先遣队的顺利进军新疆。

解放军挥师进新疆

那之后，战车五团按计划离开哈密继续西进，翻越高山峡谷，穿过吐鲁番盆地和大漠，于1949年10月20日下午，胜利到达了迪化市。

这天，迪化全城披上了节日的盛装，数万群众组成了欢迎队伍，冒着凛冽的寒风，等待在街道两旁。"三区"方面派来的满载着慰问品、悬挂着"欢迎中国人民解放军"大红标语的卡车队也加入了欢迎队伍。从南梁到东门外的营房，十里街道上人山人海，人们的脸上无不洋溢着兴奋和激动的笑容。

包尔汉一大早就撑着病体，乘车赶到迪化南郊的乌拉泊，欢迎战车团。当战车团徐徐开进市区的时候，"共产党万岁"、"毛主席万岁"的欢呼声震天动地，鼓乐声响彻云霄。人们把准备好的慰问品抛向战车，并向解放军战士献花、敬茶、敬酒……

而战车五团在三天之内全面接管城防、机场，为大部队的到来做好了准备。

解放军与民族军胜利会师

徒步进入新疆的解放军部队是最艰苦的，从酒泉、张掖等地出发的步行部队经历了我们无法想象的艰苦征程。但无边无际的大沙漠没有难倒解放军的钢铁之师。

在茫茫的大戈壁上，所能看见的是一片在阳光照耀下的金色世界，那里没有人烟，更难以见到能够存活下来的生物，而且气候相当恶劣，这对徒步入疆的解放军来说是一个极大的挑战。

部队于1949年10月8日出发，西出嘉峪关，进入一望无际的大沙漠，沙漠早晚温差较大，这对人体来说是一个极大的挑战。

这是一个无法想象的场景，在茫茫沙漠戈壁中，浩浩荡荡的大部队昼夜顶着铺天盖地刮来的风沙黄浪向前迈进。战士们把绳子拴在腰上，一个牵住一个，一人拉住一人，慢慢地，艰难地，向前迈进。有人倒下了，立刻会有人把他扶起来；有人走不动了，立刻会有人主动让出牲口坐骑。在沙漠中行走，水就是生命，可是行走几百公里也没有见到水源或绿洲。干渴、大风、燥热成了解放军入疆部队遇到的最顽固的"敌人"。广大官兵纷纷表示："困难再大，没有我们的决心大！威胁再多，也阻挡不了我们进军新疆的坚定步伐！"

解放军挥师进新疆

所有的人都把自己仅有的一点点水给了伤员病员。夜晚的戈壁干燥而寒冷，沙漠里无法入睡，指挥员一声令下："继续走！"战士们翻身爬起，没有任何怨言继续行军赶路。

沙漠里行走艰难，战士们就用棉絮和布把脚包起来，互相搀扶着一步步向前挪动，有的人腿脚被沙子磨得血肉模糊，但没有听见有谁喊过疼痛，大家仍然坚定执着地向前走着。

二军五师步行13天抵达南疆阿克苏后，突然得到报告："和阗地区有人企图制造暴乱破坏我军进驻！"

军长郭鹏、政委王恩茂马上命令十五团："以最快速度开进和阗，迅速稳定局势！"

从阿克苏到和阗有三条路线：一条是沿迪（化）和（阗）公路经喀什、莎车到和阗；另一条是过巴楚顺叶尔羌河到莎车，再到和阗；第三条是从阿瓦提县至和阗，横穿塔克拉玛干大沙漠直奔和阗。前两条路是通行大道，沿途有人有水，但要绕行多走十几天，第十五团毅然选择了第三条路线。

十五团遵照命令马上派出先遣队乘车奔赴和阗地区。该团主力部队紧随其后，12月5日全团开进，徒步向南直插和阗，这又是一次极为艰难的行动。塔克拉玛干大沙漠被人们认为是"死亡之海"，但为了争取时间，十五团毅然选择了这条最艰险的道路。他们徒步横穿塔克拉玛干大沙漠，这一壮举成为人类战争史上的光辉篇章。

"解放军要从故道进军和阗了！"消息震动了阿克苏人民，他们立即行动起来积极支援解放军入疆部队。仅仅七八天的时间里就筹集了10多万公斤粮草、300多峰骆驼和200多匹马以及足够的饲料。

　　许多老人自愿加入解放军的队伍，为解放军做向导，成为解放新疆一股重要的民族力量。艰难的征程就这样开始了，在这条千年故道上，黄沙早已淹没了曾经的道路，所以很难辨清方向，迷路掉队的事经常发生。

　　解放军侦察分队也常常迷失方向，困在沙漠里摸索着前进，甚至一困就是两三天的时间，而且缺粮少水，但他们仍然战胜了所有的困难。当时一些迷路的战士孤身奋战在沙海里，他们以坚强意志力克服重重困难，终于找到了大部队。

　　侦察分队开通了道路后，团主力沿着路线前进。行军到第七天时，全队断水，十几个小时找不到任何水源，担任向导的老人偶然想起在前方有一个水坑，但战士们找到它已是黄昏，且早已干枯，只好忍着干渴继续上路。塔里木的风沙惊人，风沙一到连骆驼也恐惧得不敢行走，但战士们顽强地团结在一起，顶着漫漫黄沙前进。

　　经过12天的艰难行军，十五团终于走出了沙漠，于22日抵达和阗。突然的兵临城下震慑了企图暴乱的反动分子，稳定了和阗的局势，为南疆的和平局面打下了基础。此次军事行动，历时18天，行程近800公里。

　　后来，彭德怀、习仲勋致电第十五团，称赞该团创

解放军挥师进新疆

造了史无前例的进军纪录，特向艰苦奋斗、胜利进军的广大指战员致敬。

而在 12 月 1 日，奉命由北疆进驻南疆的"三区"民族军一部，在师长伊敏诺夫·买买提伊明率领下，经过艰苦的冬季行军，到达阿克苏、温宿，与人民解放军二军五师师直及十四团胜利会师。解放军二军军部向民族军该部全体指战员赠送精制领袖纪念章，以资纪念。

12 月 7 日，"三区"民族军驻乌苏步兵一团，由团长乌尔告夫·伊斯哈克夫率领奉命进驻迪化，王震、徐立清、邓力群、罗元发、张贤约和起义部队参谋长陶晋初等赴城郊热烈欢迎他们。

10 月 20 日，中央人民革命军事委员会发布命令，将民族军改编为中国人民解放军，授予"中国人民解放军第五军"番号。

"三区"的民族军为新疆的和平解放和未来的新疆建设作出了自己的贡献，而中国共产党的仁慈和宽厚的民族政策正是他们归向人民政权的原因。

四、平息叛乱，追剿残匪

● 在这千钧一发之际，几个维吾尔族的兄弟不顾叛乱分子的威胁和阻挠，快马冲出城外，向正在行进中的解放军先遣部队报告了这个情况。

● 解放军入疆部队对每次的骚乱活动，一是坚决平息，二是严格执行中央的宽厚政策，区别对待，慎重处理。

● 台湾蒋介石委任匪首乌斯满为"新疆反共总司令"。乌斯满等匪徒便到处煽风点火，纠集惯匪和散兵游勇，发动武装叛乱。

平息哈密鄯善叛兵骚乱

陶峙岳、包尔汉等人通电起义后，仍有少数坚持反动立场的顽固军官和特务分子，趁解放军还没有驻军新疆之际，制造多起反革命暴乱，企图阻止解放军的大部队进入新疆，给新疆和平带来了隐患。

在 1949 年 9 月 28 日夜晚，驻哈密国民党第一七八旅第五三三团部分官兵，进行烧杀抢掠的暴乱活动，抢走中央银行哈密分行库存金银 12 箱，以及自兰州银行运来的 500 余公斤黄金，甚至抢劫了许多商号和群众的财产。

而在这之后，国民党部队驻鄯善之第六十五旅第一九四团第三营、驻吐鲁番第六十五旅第一九四团第二营、驻焉耆第一二八旅直属部队、驻库尔勒第三八二团第二营、驻轮台第一二八旅第三八二团、驻库车第六十五旅骑兵团等部分官兵，先后制造了烧杀抢掠、奸淫妇女、残害群众的事件。

10 月 20 日，一七八旅第五三三团的几个反动军官又指使驻七角井的两个步兵营，扣留解放军运载物质的 40 辆军车，并企图搭乘所扣的汽车赶往哈密，挟持旅部人员制造骚乱。由于事态严重，一兵团司令员兼政治委员王震指示参谋长张希钦连夜赶往哈密，采取紧急防范措施。

进至哈密地区的二军五师十三团、十四团，军直炮兵团及六军的一个先遣营，遵照兵团指示，于21日将国民党一七八旅旅部及五三三团包围，很快解除了参加暴乱人员的武装，并将主犯五三三团团长逮捕。解放军提前入疆，迅速平息叛乱，使新疆局势渐渐稳定下来。

这些暴乱并非偶然，已经十分严重，在国民党起义部队中，虽然只是极个别的，但所造成的危害却极大。陶峙岳在获悉叛兵抢劫情况后，亲自到哈密、景化等地视察。

他对起义官兵进行思想教育，阐明起义是正确的选择，希望起义官兵维护新疆的和平安定，迎接解放军的到来，并立即派出宣抚组、军法审判组、救济组分赴事件爆发地严惩暴乱分子，慰问受害群众并向他们道歉，把所有的特工人员集中起来，严禁他们外出活动。

其实早在10月16日，陶峙岳就发表告全疆将士书，告诉他们和平起义是一种明智的历史选择，并颁布军队纪律和惩罚条例，希望可以稳定军心。

哈密暴乱平息后，先遣部队继续向鄯善进军，鄯善县县长司马义亲自组织各族群众迎接解放军先遣部队。但就在这个时候，驻军鄯善的国民党起义部队在营长和副营长的阴谋鼓动下进行骚乱活动，残忍地开枪打死了县长司马义，威胁准备欢迎解放军的新疆各族群众。

在这千钧一发之际，几个维吾尔族的兄弟不顾叛乱分子的威胁和阻挠，快马冲出城外，向正在行进中的解放军先遣部队报告了这个情况。

该部队一面向师部汇报，一面又火速行进，很快就赶到了鄯善城下。为了避免发生不必要的流血冲突，解放军采取了政治攻势，向守城的反动官兵宣传解放军的宽厚政策，劝说他们不要再做无谓的牺牲。

在解放军的耐心劝说下，守城的官兵终于打开了城门。解放军采取果断行动，迅速平息了事件，并严惩了参加叛乱的主犯。

人民解放军进疆部队到达驻地后，各级党委根据党的团结、改造政策，立即协助起义部队有效处理了叛兵抢劫烧杀事件。依照人民群众的要求和意愿，解除了叛兵的武装，逮捕了暴乱的策划者。

为防止反动分子的报复行动，解放军沿途留下了驻守部队以保护群众生命财产安全，并号召干部战士募捐和节约粮食，救济受害群众。

平叛斗争粉碎了反动分子对解放军的造谣诬蔑，加强了人民解放军与群众的密切联系。

平息骑兵第七师的叛乱

国民党骑兵第七师原是马步芳的骑兵第五军，长期受马家军阀的欺骗和控制，是最封建、最顽固的一个军事派别，给新疆的和平解放带来了阻力。

1945年5月，该部队被国民党调进新疆镇压"三区"的民族革命运动。

兰州战役后，马步芳密派专使前来赏赐大量黄金白银，骑兵第五军军长马呈祥出逃之前，曾给他的亲信做了伺机东山再起的安排。

解放军进疆之初，新疆爆发了多起叛乱事件，骑兵第七师中的少数反动军官暗地与乌斯满、尧乐博斯等匪徒互相勾结，利用部队中的宗教信仰、宗族关系煽动叛乱。

1950年3月6日，驻昌吉的骑兵第七师第二十团大部发生叛变，接着，驻阜康第二十一团的两个连、驻木垒河的骑兵第七师特务营等部也先后叛变。

一直到3月28日，又接连发生叛乱10多起，参加叛乱的共12个连、1个排，近2000人。叛乱部队疯狂杀害解放军派来的政工干部，公开打出反革命旗号，和土匪勾结一起，在乾德（今米泉）、阜康一线烧杀抢掠，反动气焰十分嚣张。

入疆部队为了尽快平息叛乱，保证建党建政工作的顺利进行，在新疆军区统一部署下，由第十七师政委袁学凯率部平叛。

叛匪大部被歼，匪首被击毙，剩有数百人逃脱，上山为匪。

3月13日，王震司令员给骑兵第七师师长韩有文、政委于春山下达命令，要点是：

第一，必须坚决实行政治改造，将部队中旧政工人员全部和连排干部一半调军区集训。各连军士不带武器、马匹到团部受训。

第二，全师武器集中师部，由军区装甲连看管，调出骑马3000匹，交第六军使用。

第三，骑兵第七师在改造期间归第六军领导，若再有反革命暴乱，坚决予以歼灭。

第四，各级政治工作干部应坚决发动士兵群众，揭发叛匪，民主选举革命军人委员会，并公开宣传拥护领导起义的韩有文师长等爱国军官。

由于及时采取有力措施，加紧对起义官兵的改造工作，粉碎了叛乱分子"东山再起"的阴谋。

对国民党起义部队中的极少数反动分子挑起的骚乱事件，如果处理不当，将直接影响解放军对国民党起义部队的团结和改造。

解放军入疆部队对每次的骚乱活动，一是坚决平息，二是严格执行中央的宽厚政策，区别对待，慎重处理：

对少数策划和煽动骚乱的领头人——进行了调查与核实，严肃处理；对胁从和受蒙骗的人员，主要是进行教育，提高他们的思想觉悟。只要他们切实改正，一律既往不咎，以诚相待。

这样，既有力地打击了反动分子，又团结了绝大多数国民党起义官兵，稳定了新疆局势，巩固了解放新疆的胜利成果。

平息叛乱，追剿残匪

千里追剿残匪乌斯满

1949年9月20日，当人民解放军入疆大部队集结在西北重镇酒泉时，美国前驻迪化副领事马克南，秘密离开新疆首府迪化，潜入奇台与乌斯满密谋策划反革命活动。

1950年3月19日，尧乐博斯带领匪徒离开哈密逃进南山。于是，乌斯满、尧乐博斯、贾尼木汉和骑兵第七师反叛官兵勾结在一起，策划了反革命武装叛乱。

乌斯满（哈萨克族）是北疆有名惯匪，从30年代开始，就专事啸聚部众，杀人越货，逞强行霸。新疆"三区"民族革命时，窃居阿山专员职务，暗中却和国民党反动分子勾结，对抗"三区"革命，得到国民党军事装备和各方面的支持。他不仅有两个团，而且利用民族关系控制着哈萨克族头人，和他一伙的人还有：

尧乐博斯，国民党哈密专员，乌斯满的结拜兄弟。蒋介石为了收买他，特地派去一个国民党女特务（舍身救国队员）做他的小老婆，使之成为蒋介石的忠实走狗。

贾尼木汉，国民党新疆省政府财政厅厅长，是一名政客，很早就和国民党特务勾结，新疆和平解放前夕，因反对起义逃进南山。

在1950年3月，台湾蒋介石委任匪首乌斯满为"新疆反共总司令"。乌斯满等匪徒便到处煽风点火，纠集惯匪和散兵游勇，并以残酷屠杀等手段，胁迫牧民 2 万多人发动武装叛乱，叛乱迅速蔓延到天山南北。

而同年 4 月，叛匪开始向人民解放军驻守哈密东北地区沁城、小堡、南山口、伊吾等地的部队发动攻击，并对各族群众进行惨无人道的烧杀抢掠的罪恶活动。

仅仅两个月的时间，就发生了抢劫案 300 余起，烧毁民房 30 余间，打死打伤群众 130 余人。他们把奇台南山大、小红柳峡一带作为反革命的基地，东向巴里坤取包围态势，伺机夺取哈密，截断人民解放军与关内的交通。又以主力由奇台沿公路向西窜犯，企图攻占新疆首府迪化。

为了打击暴乱的土匪活动，保卫边疆各族人民生命财产的安全，根据解放军总部的指示，新疆军区迅速组织了剿匪指挥部，由王震亲自担任总指挥，张希钦任参谋长，第六军军长罗元发担任北疆剿匪前线指挥官。

根据对叛乱的具体分析，解放军的部署是：第十六师在哈密，第十七师及第五军第四十团、第六军骑兵团、第二十二兵团骑兵第七师一部在迪化至奇台一线。

王震司令员还将胡鉴指挥的战车五团调归第六军指挥。剿匪部队的主要任务是肃清乌斯满、尧乐博斯匪徒和骑兵第七师部分叛军，保卫新生的人民政权，保卫新疆政治、军事、文化中心迪化。

1950 年 3 月 25 日，新疆军区派出第十六师、十七

平息叛乱，追剿残匪

师、第六军骑兵团、第五军第四十团、骑兵第七师一部、第二十七师第八十一团等 2.5 万多人，并出动了飞机和坦克，西线指挥程悦长、东线指挥吴宗宪，在当地政府和广大群众的大力支持下，开始了大规模的剿匪运动。

4 月 1 日下午，第十六师副师长罗少伟率机要秘书、参谋、报务员、警卫员等 6 人，乘吉普车，亲赴七角井前线侦察，未与主力同行。行进途中，于七角井以东车古泉山地隘路，被叛匪 40 余人伏击，罗少伟等 5 人壮烈牺牲。罗少伟牺牲时年仅 30 岁，是解放战争以来西北战场牺牲的第一位师级指挥员。

4 月 14 日，剿匪大军兵分两路，取道深山密林、雪原戈壁，日夜兼程，向叛匪巢穴大、小红柳峡奔袭，出其不意地突入土匪集中地。匪徒们顿时乱成一团，丢下大批尸体，纷纷四散逃命，仅乌斯满和少数头目侥幸逃脱。

在天山高峰天格尔大坂之下，另一股叛匪头子乌拉孜拜（哈萨克族），也在绥来、景化、昌吉等地，裹胁 1 万多牧民叛乱。乌斯满向北塔山地区逃窜被人民解放军阻击后，企图通过古尔班通古特大沙漠南逃天格尔大坂，与乌拉孜拜会合，进行反扑。

为了粉碎敌人阴谋，人民解放军剿匪部队勇猛追击，严密封锁。同时，又及时打响了天格尔大坂的围歼战，歼灭叛匪大部，仅匪首乌拉孜拜带 20 余骑南逃。

而在 3 月 26 日，第十六师第四十六团第二连，由副营长胡青山带领进驻伊吾，与主力部队相距 100 公里。在主力进剿骑兵第七师叛乱时，二连突然被尧乐博斯匪帮包围。

敌人破坏了交通，切断了电话线，使二连完全断绝了与外界的联系。二连孤军与匪徒们作战，英勇地坚守伊吾 40 天，击退敌人 7 次大规模的进攻，毙匪 53 人。直至 5 月 7 日始与东进部队会师，完成了保卫伊吾的光荣任务。

5 月 19 日，彭德怀司令员来电嘉奖二连，后又授予其"钢铁二连"光荣称号，授予胡青山"战斗英雄"称号。

在剿匪战斗中，解放军部队吃尽了苦，进军红柳峡，翻越冰大坂，奇袭北塔山，在人迹罕至无水无草的 250 公里的戈壁上追击叛匪，战胜重重困难，英勇顽强，不怕牺牲，对敌人穷追猛打，认真执行党的民族宗教政策，实行军事清剿和政治瓦解相结合的方针，执行首恶必办、胁从不问、立功受奖、区别对待的政策，团结人民，打击敌人，取得了剿匪斗争的胜利。

6 月 15 日，新疆军区发布剿匪战报，宣布新疆剿匪部队自 3 月份东西路围剿乌斯满、尧乐博斯残余股匪后，西线骑兵已沿北塔山一带向西清剿乌斯满残余匪徒；东线部队兵分三路追击南窜的尧乐博斯残余匪徒，并在黑山头以东扫清了曾在七角井一带进行破坏活动的哈巴斯股匪。

平息叛乱，追剿残匪

　　6月20日，新疆军区再次发布战报，宣布剿匪部队自3月5日以来，经过两个多月的剿匪斗争，大部分匪徒已被击溃，剿匪斗争取得重大胜利。

　　由新疆逃至甘肃敦煌、安西一带的乌斯满、尧乐博斯等少数残匪，经新疆、甘肃部队联合清剿，于11月全部被人民解放军歼灭。参加叛乱的国民党起义军官马占林（副师长）被俘，乌斯满于1952年2月在甘肃被捕获，贾尼木汉、乌拉孜拜亦先后就擒，仅尧乐博斯只身逃往台湾。

　　剿匪运动维护了新疆地区的和平与稳定，为当地老百姓除去了一大祸害，也为和平建设新疆扫清了障碍。

五、 解放军开创新天地

● 彭德怀司令员强调人民解放军要继续发挥 "三个队" （即战斗队、生产队、工作队） 作用。

● 解放军进入新疆后，为了加强治安，巩固边防，成立了两个三级军区，为新疆的和平安定作出了重要贡献。

● 经过广大解放军战士的不懈努力，一座座营房、仓库、伙房陆续建成，组成了军垦村落，在大漠雪原上飘起了诱人的饭香。

朱德召开座谈会奠基兵团事业

1949 年 12 月 20 日，遵照中央人民政府革命军事委员会主席毛泽东的命令，"三区"民族军正式编为中国人民解放军第五军，下辖第十三师、十四师两师，共计 1.4 万人。军部驻伊宁，军长列斯肯、政治委员顿星云、副军长马尔果夫、副政治委员曹达诺夫、参谋长尼古拉也夫、政治部主任李恽和。

第十三师驻南疆，师长伊敏诺夫、政治委员马洪山；第十四师驻北疆，师长依不拉音拜、政治委员胡政。

五军辖两个步兵师和两个独立骑兵团：

在特克斯骑兵一团的基础上扩建为步兵第十三师，下辖三个步兵团；

在民族军中线部队及军直的基础上，组建了步兵第十四师，下辖三个步兵团；

以阿山骑兵团及塔城骑四团之一部为基础组建独立骑兵第一团；

以沙湾骑兵团为基础组建独立骑兵第二团。

为了加强党对军队的领导，第一兵团先后从第二军、第六军抽调出一批优秀的政治工作干部到第五军的军、师、团中负责政治工作，建立各级党组织和政治委员制度。

这些调到第五军做政治工作的汉族干部，克服各种困难，排除各种干扰，加强了第五军党政工作和思想工作，在促进第五军的建设方面，做出了很大的成绩。

第五军各部队通过思想教育和中国革命与中国共产党的基础知识的学习，政治觉悟提高很快，一些指战员陆续被吸收加入中国共产党。

到1951年，基层连队已普遍建立了党支部。第五军在党的直接领导和关怀下，进入了一个新的建设阶段。

第五军成立后，党中央、毛主席对第五军的广大指战员十分关注。

1950年国庆典礼，专门邀请第五军组织一个参观团，参加国庆一周年大典。

毛泽东、刘少奇、周恩来、朱德等中央领导亲切接见了第五军代表团的全体成员。

之后，朱德总司令亲自召集第五军代表团成员开了一个座谈会，听取汇报，并对第五军建设作了重要指示。

对"三区"民族军队的改变和改造，统一了解放军在新疆地区的军事领导权，而且更大的成就是增加了解放军在新疆的兵源，加强了新疆兵团的力量。

解放军开创新天地

彭德怀、王震领导起义部队整编

1949 年 10 月 8 日，在和平起义之后，彭德怀在酒泉会见陶峙岳。

朱德与陶峙岳具体商定了按照《中国人民政治协商会议共同纲领》的规定，国民党军队要在中央人民政府、人民革命军事委员会的统率下，实行统一指挥、统一制度、统一编制、统一纪律，并按此原则改编国民党起义部队。

10 月 9 日，王震在第二军党委扩大会上作了题为《关于西北形势、解放新疆的斗争特点与任务》的报告。王震在报告当中，对如何进行改造起义部队的工作做了重要阐述。

王震说，国民党军队要转变为人民解放军，必须经过艰苦的思想教育，走群众路线，采取民主方法的思想斗争。进行革命政治工作，不但要团结士兵，而且要改造大部分军官。

12 月 20 日，陶峙岳发表《为整编部队告起义将士书》。陶峙岳要求全体起义官兵，要依据《中国人民政治协商会议共同纲领》规定实行整编，并指出：部队实行合理编并；人事作公正合理的调整；政治工作制度要确实建立；劳动生产要尽量做好。

1949 年 12 月 13 日，彭德怀司令员在迪化第一兵团师以上干部和起义部队高级将领会议上，强调人民解放军要继续发挥"三个队"（即战斗队、生产队、工作队）作用，搞好稳定社会秩序、建立各级地方政权和改造起义部队的工作。彭德怀还指示，由第一兵团抽调干部到起义部队担任各级政治领导。

根据彭德怀司令员的重要指示，由解放军第二军第四师负责起义部队骑兵第八师，第五师负责起义部队第二十七师，第六师负责起义部队第二十五师；

第六军第十六师负责起义部队第二十六师，第十七师负责起义部队骑兵第七师。

12 月 7 日，根据中国人民革命军事委员会命令，国民党新疆警备总司令部改编为中国人民解放军第二十二兵团。

20 日，新疆军区发布第二十二兵团团政治处以上干部任命。同一天，新疆军区司令部向西北军区呈报第二十二兵团改编情况的报告。翌日，新疆起义部队整编完毕，举行了成立大会，受到了新疆人民群众的称赞。

第二十二兵团下辖第九军、骑兵第七师、骑兵第八师。第九军辖步兵第二十五师、第二十六师、第二十七师。

兵团司令部驻迪化，司令员陶峙岳、政治委员王震（兼）、副司令员赵锡光、副政治委员饶正锡、参谋长陶晋初、政治部主任李铨。

解放军开创新天地

087

第九军驻景化，军长赵锡光（兼），政治委员张仲瀚，第一副军长王根僧，第二副军长陈德法，参谋长李祖堂，副参谋长曾文思、朱文盈。

第二十五师驻迪化，师长刘振世、政治委员贺振新、第一副师长杨廷英、第二副师长陈海州、参谋长李雪谷、政治部主任刘一村。

第二十六师驻绥来，师长罗汝正、政治委员王季龙、第一副师长高戎光、第二副师长周茂、参谋长熊略、政治部主任鱼正东。

第二十七师驻焉耆，师长陈俊、政治委员龙炳初、第一副师长文升乔、第二副师长韩际隆、参谋长李存中、政治部主任傅志华。

骑兵第七师驻奇台，师长韩有文、政治委员于春山、第一副师长韩荣福、第二副师长郭全梁、第三副师长马全吉、参谋长李纲、政治部主任杨贯之。

骑兵第八师驻莎车，师长马平林、政治委员张献奎、第一副师长李朝弼、第二副师长刘抡元、参谋长祝源开、政治部主任杨烈光。

至此，解放军对国民党的起义部队已经整编完毕，使解放军真正意义上完全统一了新疆，而解放军宽厚的政策，也是国民党接受整编的一个重要原因。对起义部队的整编和改造最直接的一个影响就是巩固了和平起义的成果。

部队整编后驻守新疆各地，担负了维护地方稳定的任务，通过改造确立了党对起义部队的领导权，转变了旧军队官兵的落后思想，使得二十二兵团的广大官兵成为真正的人民解放军，这无疑巩固了和平起义的成果。

12月17日彭德怀主持召开新疆省人民政府第一次全体委员会议，宣布人民政府正式成立。同日，新疆军区宣告正式成立。

中央人民政府革命军事委员会任命彭德怀为新疆军区司令员兼政委，王震为第一副司令员，陶峙岳为第二副司令员，赛福鼎·艾则孜为第三副司令员。张希钦为参谋长，曾震五为第一副参谋长，沙哈诺夫为第二副参谋长。

同日，迪化举行人民解放军、"三区"民族军、新疆和平起义部队联合入城仪式。人民解放军由东门入城，"三区"民族军由西门入城，起义部队由北门入城。

司令员兼政治委员彭德怀及王震、张治中、包尔汉、陶峙岳、赛福鼎、徐立清等检阅了部队。

12月28日，彭德怀离迪化赴北京参加中央人民政府第五次会议并向党中央、毛主席汇报新疆情况。

彭德怀在报告中说，新疆军事政治大势已开始稳定。但对民族和宗教问题，今后尚应特别注意。新疆目前最严重的问题，是财政经济问题。彭德怀还报告了新疆军队生产情况和拟采取的措施，请示中央研究新疆与苏联恢复通商等问题，以开发新疆矿藏，繁荣新疆经济。

解放军开创新天地

组建两个军区司令部

解放军进入新疆后，为了加强治安，巩固边防，1950 年 2 月，新疆军区决定成立两个三级军区。

在南疆，以喀什为中心成立南疆军区，由第二军军部兼南疆军区司令部；

在北疆，以迪化为中心成立北疆军区，由第六军军部兼北疆军区司令部。

在军区建立了阿克苏、和田、莎车、焉耆、哈密、伊宁、塔城、阿勒泰等八个军分区，分别由第二军、第六军和第五军的各师团担负军分区工作。

1950 年 3 月，第二军、第六军所属各部全部进驻指定地点，按点线布防，担负治安和边防任务，以保障新疆的政治安定。

各师团驻地是：喀什第四师师直、第四师第十团；莎车第四师第十一团；伽师第四师第十二团；阿克苏第五师师直；库车第五师第十三团；温宿第五师第十四团；和田第五师第十五团；且末第五师独立团；焉耆第六师师直、第十六团、第十七团；库尔勒第六师第十八团；若羌第六师骑兵团；哈密第十六师师直、第四十七团；镇西第四十六团；吐鲁番第十六师第四十八团；迪化第十七师师直、第四十九团；伊犁第十七师第五十团；绥来第十七师第五十一团；乌苏军直独立营。另外，在鄯善、七角井、星星峡各派驻一个营。

新疆位于祖国西北边陲，有 5400 多公里长的国境线。当时，中苏、中蒙友好，边境安宁；南疆与阿富汗、巴基斯坦、印度等国毗邻。阿富汗有美国势力渗入，巴基斯坦的统治者走亲美路线，印度独立不久，尚未摆脱帝国主义势力的影响。英国在巴基斯坦的吉尔吉特、期喀吐等地建有空军基地，美国想利用克什米尔作为跳板来侵略中国。

从上述情况看，保卫边防的安定是驻疆部队的首要任务。

1950 年 3 月，第二军第四师第十一团一部进驻通往印度、巴基斯坦之要地巴扎大拉，第五师第十五团一部进驻通往印度之要地赛图拉，第五军第十三师一部进驻蒲犁，从而巩固了边防的安全。

1950 年，在剿匪结束后，反动分子和地方民族分裂分子，纷纷向西逃窜，伊宁成为反动分子活跃的中心。

为了加强伊犁地区的治安工作，1952 年 3 月，由第二军第五师第十三团、新疆军区通信团、第六军骑兵团组成第五军第十五师，师长冯祖武、政治委员胡天勋，驻防巩留、新源、伊宁、巩哈、昭苏、特克斯等地。

解放军部队进入新疆后，对国防建设作出了重要贡献，为新中国的和平安定奠定了基础，有效地保卫了边境地区的安全，防止了一些国家的侵略企图。

解放军开创新天地

解放军开展大生产运动

周恩来说：人民解放军要驻守边疆，保卫边疆，不能长期靠别人吃饭，自己不生产是不行的。

毛泽东指示，人民解放军不仅是一支国防军，而且还是一支生产军……中央要求，驻疆部队必须生产自救。

而1950年初，解放军刚刚进入新疆时，边疆军民面临新的困难：民生凋敝，百业待兴。进疆部队加上民族军和起义部队，总共20万之众。当时实行供给制，吃穿用都由国家提供，另外还要发津贴，而1949年底新疆财政收入只有35万元，这对于庞大的军队来说是微不足道的。

驻疆部队的生活条件很差，衣服、鞋子都烂得不成样子，而且冬天没有厚衣服。在伙食方面更是差得要命，没油没肉，连蔬菜也常常吃不到，战士们顿顿只能拿粗面馒头蘸着盐水吃。

当时的新疆还没有真正地稳定下来，外有敌人，内有叛匪，局面很混乱。而老百姓也难以填饱肚子，也没有粮食来供给部队。若从内地运粮，仅运费就高于粮价的七到十倍，进口粮食更不可能。部队要吃粮只好向私商、巴依、头人去买，由于他们对新政权有抵触，不认纸币只认银元。

因此，解放之初，军区后勤部每月都要派飞机赴京去运大量银元回来购粮。一次，军区后勤部长又去向周恩来总理要银元，总理签付后，表情严肃地说："人民解放军要驻守边疆，保卫边疆，不能长期靠别人吃饭，自己不生产是不行的。"可见，国家也是"囊中羞涩"啊！一场生存的较量和考验，就这样摆在了这支曾获南泥湾垦荒模范称号的"老八路"面前。

为解决新疆驻军吃粮难问题，在王震领导下，解放军战士一面守卫新疆边防、肃清土匪特务，一面又从事生产建设，克服严重的经济困难。

王震指出新疆军队生产的方针，首先是发展农业生产，依靠全体官兵亲手劳动开垦土地，就地解决生活问题。并规定，全体军人一律参加劳动生产。据此，驻疆解放军除一部分兵力担负国防、进军西藏阿里、清剿匪患、维持社会治安任务外，11万解放军战士在天山南北，按师、团布点，就地驻防，就地屯垦，继承和发扬延安精神和南泥湾精神。他们一手拿枪，一手拿锄头，在极其困难的条件下，掀起了轰轰烈烈的大生产运动。

当时的新疆大地，仍是冰天雪地，寒风刺骨。为了不错过生产最佳时机，他们不怕严寒，冒着狂风大雪勘察地形，寻找可以开垦的土地和安营扎寨的地方。在沙漠边缘，在阿尔泰山麓，在帕米尔高原，在广阔无边的荒野上，战士们挥起劳动工具去开拓农田。

昔日的新疆是一片贫瘠的土地，在冬天，你一眼望去，除了蓝天就是无边无际的白雪。战士们所到的目的

解放军开创新天地

地，多是水到头、路到头、飞鸟罕至、兔子不拉屎的地方，或沙包、或烽燧、或树、或草、或滩、或石……

经过广大解放军战士的不懈努力，一座座营房、仓库、伙房陆续建成，组成了军垦村落，在大漠雪原上飘起了诱人的饭香。那没有人烟的冰雪野地，在解放军战士们双手的雕琢下，变成一亩亩良田。

解放前新疆没有任何现代工业，为了发展新疆工业，广大指战员精打细算，节衣缩食，用节约下来的军费做资金，自己动手，发展工业。1952 年，当各族人民穿上自己生产出来的细布、花布时，心里有着说不出来的激动和喜悦，他们在歌中唱道："脱去千年老羊皮，换上天山细布衣，感谢亲人解放军，感谢领袖毛主席。"

毛泽东代表中央人民政府签发人民解放军转业命令，并号召：你们现在可以把战斗的武器保存起来，拿起生产建设的武器。当祖国有事需要你们的时候，我将命令你们重新拿起战斗的武器，捍卫祖国！

解放军广大战士通过轰轰烈烈的大生产运动，改善了各族人民的生活，扩大了中国共产党和解放军的政治影响，从而使解放军在新疆牢牢地站稳了脚跟，受到了各族人民的热烈拥护。

新疆从此走上了多民族和平相处与发展的康庄大道！

六、 建设新疆，民族团结

● 毛主席对赛福鼎说："你们在新疆解放区所进行的斗争，是中国人民民主革命的一部分。你们都是新疆和平解放的功臣啊!"

● 周恩来对赛福鼎说："你的入党要求毛主席批准了。我带来了毛主席的批示，交给你。"

● 毛泽东强调说："人民解放军只有和维吾尔族以及其他民族建立兄弟般的关系，才有可能建设人民民主的新新疆。"

新疆五名政协代表不幸遇难

1949年9月21日，中国人民政治协商会议第一届会议在北京成功召开。

当时由于南方大部分少数民族地区还没有获得解放，出席这次会议的少数民族代表团只有两个：一个是来自已经解放的内蒙古自治区的区政府代表团，一个是新疆"三区"革命政府代表团。

而新疆代表团的到来，却遭遇了很多困难，甚至新疆五名政协代表不幸遇难。

1949年7月，有情报秘密传到中共中央说，外国敌对势力正在策划让新疆脱离中国版图，独立成为一个所谓的"东土耳其斯坦共和国"。

他们的具体步骤是：让国民党西北军政长官公署长官马步芳，副长官马鸿逵、马鸿宾，青海兵团司令马继援，宁夏兵团司令马敦静合成一股，全部退至新疆，不再与解放军争夺西北其他城市，到新疆后与新疆独立势力合流，宣布独立建国。

鉴于此，中共中央决定提前进军新疆，同时，准备邀请新疆"三区"革命政府作为尚未解放的新疆全体人民的代表，参加全国政协会议，共商国是，让外国势力的阴谋不能得逞。

新疆"三区"是指新疆北部的伊犁、塔城、阿山三个地区。

早在 1944 年 9 月，这三个地区就通过武装起义，摆脱了国民党的统治，成立了革命临时政府，建立了自己的军队——民族军。

1945 年 9 月，这三个地区完全处在革命临时政府的控制之下，成为新疆省的解放区，区领导人是阿合买提江。

阿合买提江是新疆"三区"革命主要领导人之一。伊宁人，维吾尔族。

1936 年考入莫斯科东方社会主义劳动大学。

1942 年回国，因宣传革命被捕入狱。

1945 年 10 月作为"三区"临时政府主要代表赴迪化（今乌鲁木齐）与国民党政府谈判，签订《十一项和平条款》。

次年，任新疆省联合政府副主席。联合政府分裂后返回伊宁，以省政府副主席身份领导"三区"政府的各项工作，团结进步力量，逐步纠正革命初期在国家统一和民族关系方面所犯的错误。

1948 年 8 月组建新疆保卫和平民主同盟，任主席。

为了及时与"三区"联系，中共中央派出联络员邓力群带三名报务员和一部电台，借道苏联，进入新疆，及时建立了中共中央及正在向新疆进军的彭德怀与"三区"之间的联系。

建设新疆，民族团结

邓力群到达新疆后，会见了"三区"领导人，还带来了中央邀请"三区"领导人出席政协会议的邀请函，他与阿合买提江、阿巴索夫、伊斯哈克伯克等"三区"领导人相谈甚欢。

毛泽东起草签名的邀请函全文如下：

新疆伊犁特别行政区人民政府阿合买提江先生：

我们反对帝国主义、封建主义和官僚资本主义以及蒋介石为首的国民党反动统治的人民解放战争，即将取得全中国的胜利。包括全中国各民主党派、各人民团体、解放军各野战军、各解放区、国内各少数民族及海外华侨在内的新的全国人民政治协商会议，经过慎重筹备之后即将在9月内召开全体会议。此届会议将制定全国政治协商会议组织法，选举自己的全国委员会外，并须制定中华人民共和国中央人民政府组织法，选举中央人民委员会。

你们多年来的奋斗，是全中国人民民主革命运动的一部分，随着西北人民解放战争的胜利发展，新疆的全部解放已为期不远。你们的斗争即将获得最后的成功。我们衷心地欢迎你们派出自己的代表五人参加全国人民政治协商全体会议。如蒙同意请于9月上旬到达北平，谨此电达，并希赐复。

　　　新政治协商会议筹备会主任毛泽东

　　　　　　1949 年 8 月 18 日北平

　　毛泽东的来信以及对他们期待，使"三区"革命政府领导人感到振奋。

　　这表明中国共产党正式承认新疆"三区"革命，并且还视其为地方代表，邀请他们代表整个新疆，参加协商建国的新政协会议。这都让他们的内心里时刻涌动着一股难以抑制的喜悦，所以他们愿意为新疆的解放事业作出自己的贡献。

　　之后，"三区"革命政府复电中共中央：

全国政治协商会议筹备会主任

敬爱的毛泽东先生：

　　您的来信收到了，信中所提的问题是我省全体人民长期以来盼望的。

　　我们认为，中国人民解放军的伟大胜利也是我省和世界人民的伟大胜利！所以，我们以最高的热情向敬爱的毛泽东先生表示致谢，并派代表前往北平，参加人民新政治协商会议。

　　顺致礼

　　特别行政区人民政府的代表阿合买提江

　　　　　　1949 年 8 月 20 日

建设新疆，民族团结

共和国的历程·天山祥云

电文发出后，"三区"领导进行商定，由新疆保卫和平民主同盟主席阿合买提江出任团长，代表团成员有：新疆"三区"民族军总司令伊斯哈克伯克，原省联合政府副秘书长、新疆保卫和平民主同盟中央委员阿巴索夫，民族军副总司令达列力汗，汉族知识分子代表、新疆中苏文化协会负责人罗志。以上五人为正式代表，另有两名工作人员随行。

"三区"领导人前往北平期间，"三区"的工作由赛福鼎负责主持。

经过两天的准备，新疆代表团于8月23日出发，借道苏联阿拉木图，转乘飞机，前往北平出席政协会议。

为了保证社会稳定和防止出现混乱的局面，新疆代表团的行动是秘密进行的，准备会议结束返回新疆后再通告新疆各界人士。

出席政协会议的五名代表由阿拉木图起飞后，25日由努威什比尔茨克继续飞行，26日气候突然转变，根据空军气象报告，在较短的时间内，气候不会变好。

此间，阿合买提江等人再三要求起飞，并动情地向机长讲述渴望进北平见毛泽东主席的热切心情，机长被他们如此真诚的态度打动了，他向上级详细报告了这里的情况后，决定自己驾驶，冒一次风险。

当飞机在伊尔库茨克贝加尔湖上空飞行时，天气骤然大变，铅团似的乌云把飞机重重包围起来，强大的气流使飞机失去平衡，上下颠簸，尽管机长使出平生积累

100

的各种技能，但都无济于事——不幸事件终于发生了。

在贝加尔湖地区南部，五名代表、两名译员和机组成员全部遇难。

当苏联驻伊宁领事阿里斯托夫把这个噩耗告诉邓力群时，已是 9 月 3 日。

不管怎么样，历史都会记住这五名政协代表的，因为他们为了新疆的和平解放事业献出了自己宝贵的生命，他们的勇气和事迹将永远留在新疆人民的心中。

建设新疆，民族团结

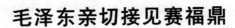

毛泽东亲切接见赛福鼎

1949 年 9 月，新疆五名政协代表遇难后，毛泽东主席和中共中央深感惋惜。

然而，新疆必须有代表出席政治协商会议才可以，而且时间越来越紧迫了。

在新疆，9 月 3 日，"三区"方面经过商谈，决定再派三名代表出席全国政治协商会议。他们是：赛福鼎，维吾尔族，新疆省政府委员兼教育厅长；阿里木江，乌孜别克族，塔城副专员；涂治，汉族，新疆学院副院长。

由于"政协"会议开幕延期，他们于 9 月 7 日乘苏联飞机由伊宁起飞，11 日到满洲里，再换乘火车抵达北平。

新疆"三区"优秀的爱国分子所进行的革命，是为争取民族平等和自由而爆发的正义的革命运动。

在开始的时候，虽然没有接受共产党的领导，但是他们认真地学习了中国共产党的主张和阅读了毛泽东主席的著作，认定中国共产党所进行的革命运动是正确的，符合中国国情，也是人心所向。

毛泽东主席向新疆"三区"领导发出了第二次邀请，9 月 15 日，赛福鼎到达北平。

走下火车时，赛福鼎的心情是复杂的，他悲喜交加，悲的是阿合买提江等五人在胜利的曙光即将洒满新疆时意外遇难，喜的是终于可以见到传说中神奇的中共领导毛泽东主席，这次还要与他们共商国是，既感到无比光荣，也感到责任重大。

中共中央对新疆代表团高度重视，专门派政协筹备会常委会副秘书长齐燕铭负责新疆代表团的日常生活，要求对他们多多关照。

休息了一天后，周恩来于 16 日晚宴请新疆代表团，为他们接风洗尘。

代表团到达的时候，因周恩来主持的一个会还没有结束，他们便在一个房间先休息，齐燕铭陪着大家喝茶闲聊。

不一会儿，一个看上去穿着很朴素的人微笑着走过来。赛福鼎还以为是搞接待的工作人员，也没在意。那个人远远就朝他和蔼地说："您就是赛福鼎同志吧！"

与新疆代表团笔挺的西装和崭新的皮鞋相比，这个人穿着太不上档次了：一套旧蓝色制服，脚上是一双旧布鞋。

在赛福鼎的想象里，中共中央领导人一定是仪表堂堂、气质高贵的大人物。

此时，他脑子里正在想着怎么与周恩来见面，怎么说话，就很随意地说了声"嗯"。

只见来人在他面前站定，伸出手，和蔼可亲地笑着。

这时，齐燕铭才慌忙站起身，介绍道："周副主席

建设新疆，民族团结

103

来了。"

周恩来抓紧了赛福鼎的手，说："我是周恩来，欢迎你们的到来！"

赛福鼎这才反应过来，连忙站起身来，惊慌地伸出双手握着周恩来的手，加上他汉语说得并不是很流利，突然结巴起来。

当时，赛福鼎的脸上感到火辣辣的，自己竟然如此没有礼节，连周恩来来了都没有认出来，这让他感到十分惭愧。他确实没有想到，中共中央领导人竟然如此亲切而朴实。

这时，周恩来语调低沉地对三人说："阿合买提江率领的代表团不幸遇难，我们感到十分悲痛，阿合买提江同志的遇难，是新疆人民的一大损失，希望你们能化悲痛为力量，参加好这次会议，积极参政议政，为民族团结、为新疆的解放积极工作。"

接着，他向赛福鼎等三人详细介绍了政协筹备会的有关情况。

周恩来还特别介绍了 9 月 7 日新政协筹备会着重讨论民族问题的情况。

周恩来说，中国是一个多民族的国家，汉族占人口的绝大多数，达 90%，少数民族人口少，但不管人多人少，民族间是平等的。民族平等，首先是汉族对少数民族的尊重，尊重他们的宗教信仰、风俗习惯，尊重他们使用自己的民族语言，我们民族政策的目标是民族自治。

不超过自治的范围，我们一定要防止外国势力利用民族问题来离间中国的统一，特别要警惕外国势力对西藏和新疆南部的分离阴谋。

周恩来强调，新中国将把各民族团结成一个大家庭……

正在交谈中，齐燕铭站起来，轻声对周恩来说道："周副主席，已经6时整了。"

周恩来这时也站起身来，做了个请的手势，说："今天我们各民族的代表一起欢聚，现在请大家去宴会厅。"

宴会结束时，周恩来告诉赛福鼎，毛泽东主席准备于18日单独与新疆代表团见面。

一天晚上，由赛福鼎率领的代表团来到中南海怀仁堂看京戏。他们被安排在第一排的中间就座。

当他们正在聚精会神地看京剧大师梅兰芳的精彩表演时，一位身材高大、风度翩翩、气宇轩昂的人走到了几个人的面前，顿时舞台上的表演就被这个伟岸的身影遮挡了。

正当赛福鼎因为看不到台上的表演而移动身子时，周恩来走了过来，笑着说道："毛泽东主席看你们来了!"

当赛福鼎定睛再看时，只见毛泽东已经用一副慈祥的面孔看着他，那笑容，仿佛是对他深深的问候。

"原来这人就是毛主席!"赛福鼎赶忙起身，用颤抖的手和毛泽东的手紧紧地握在一起，脸上露出兴奋的笑容。

毛泽东说:"欢迎你们,一路辛苦了。"

赛福鼎由于过度兴奋紧张,紧紧握着毛泽东的手不知道该说什么好,他结结巴巴地说道:"谢……谢!"

在毛泽东的身边又出现了一位和蔼可亲的人,并把手伸向赛福鼎。

"这位是我们的总司令朱德同志。"周恩来给他介绍说。

"欢迎你们!"朱德总司令笑呵呵地问候他们。

毛泽东主席、朱德总司令、周恩来副主席热情和蔼的态度使赛福鼎等人深受感动。

毛泽东与新疆代表团其他代表一一握手后,对赛福鼎亲切地说:"今天请你们看戏,明天再见。"告别后向自己的座位走去。

望着毛主席离去的背影,赛福鼎久久不能平静,他终于见到了伟人。

周恩来一边向赛福鼎告别,一边说:"毛主席准备明天专门接见你们。"

9 月 18 日下午,毛泽东在中南海办公室"菊香书屋"会客厅正式接见赛福鼎一行。

当赛福鼎一行驱车抵达时,工作人员将他们引入庭院,毛泽东、朱德、刘少奇、周恩来、林伯渠等中央领导人已经站在门口迎候。

为了表示对客人的尊重,毛泽东挥手示意赛福鼎一行先走入室内。

大家坐下后，工作人员端上茶水，毛泽东却没有入座，他站在正中，表情凝重，用感伤的语调对赛福鼎说："你们代表新疆人民终于来到北平了。阿合买提江为团长的新疆代表团在出席人民政协会议途中飞机失事，光荣牺牲，这个损失是惨痛的，不仅是新疆人民的损失，也是全国人民的损失。我们对他们的不幸遇难表示沉痛哀悼。"

大家马上站起来，低头默哀，过了一会儿，毛泽东才重展笑容说："请大家入座。"

毛主席接着说："你们在新疆解放区所进行的斗争，是中国人民民主革命的一部分。你们牵制了国民党在新疆的10多万军队，你们都是新疆和平解放的功臣啊！"

这一切都让他们极为感动，他们万万没有想到毛主席对他们是如此关切。没有想到将阿合买提江等人的牺牲，看作是"全国人民的一大损失"，更没有想到，对"三区"革命给予了如此高度的评价！

9月29日，赛福鼎等新疆代表就陶峙岳、包尔汉等通电脱离广州国民党政府一事发表声明：

我们在北京正参加中国人民政治协商会议第一届全体会议之际，听到了国民党新疆警备总司令陶峙岳和新疆省政府主席包尔汉率领新疆军政人员发表通电，脱离广州国民党反动政府、归向人民民主阵营的声明，我们认为这种

建设新疆，民族团结

符合人民要求的声明是正确的，也是新疆人民的愿望。新疆人民在中华人民共和国中央人民政府和行将改组的新疆省政府的领导下，坚决保证为建设新民主主义新中国而努力奋斗到底。几年来反对迪化国民党反动政府而今后在和平环境下为全疆人民的自由奋斗的"三区"人民，坚决保证必能和全省人民一道，为建设新民主主义的新新疆而奋斗到底。

新疆，迎来了和平的祥云。

赛福鼎、阿里木江、涂治

1949 年 9 月 29 日

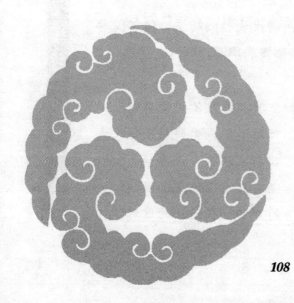

赛福鼎加入中国共产党

由于赛福鼎长期受苏联和中国共产党的影响，在新疆的时候，他就渴望能够成为一名优秀的共产党员。但因为种种原因，这个愿望一直都没有实现。他和毛泽东主席等中央领导第一次接触后，想成为一名共产党员的渴望变得强烈起来。

经过慎重考虑和询问，赛福鼎于 1949 年 10 月 15 日写好了自己的入党申请书，但是一直找不到合适机会递交给党中央。

在北京待了一个多月的时间，他们成功地完成了自己的任务，准备于 10 月 23 日返回新疆。在这个时候，中央来人告诉他们，毛主席准备在他们回新疆之前再和他们谈一些关于新疆的事情。

于是，22 日下午，赛福鼎等人来到了中南海。毛泽东谈了主要问题后，带着关切问周恩来："恩来啊，送他们的飞机都准备好了吗？"

周恩来笑着回答："请主席放心！我们已经准备了一架飞机和技术过硬的机组，可以保证他们安全到达新疆。"

毛泽东还是有点不放心，说道："那好！今晚请苏联专家组织一个检查组对飞机和机组人员再进行一次深入检查和了解，要做到万无一失才行啊！"

这时，毛泽东微笑着，用和蔼的表情对赛福鼎说道："明天，你在未得到恩来同志可以起飞的通知之前不要上飞机。你等候恩来同志的电话。"

从毛泽东祥和的面容里，赛福鼎感觉到，毛主席是为保证他们的绝对安全才做的上述周密安排，毛泽东的关怀备至让赛福鼎感激不尽。就在这个时候，赛福鼎鼓起自己的勇气，用颤抖的手拿出自己的入党申请书，激动地对毛泽东说："主席，我早就写好了入党申请书，但不知我是否具备共产党员的条件，请你批示。"

毛泽东看后，笑呵呵的样子，不停地点头，说了声："好！"把申请书放进了口袋里。

10 月 23 日，赛福鼎等人很早就起来了，静候着周恩来的电话。8 时，周恩来打来电话说："一切准备就绪，可以起飞，请你们去机场。"

代表团马上赶到机场，周恩来早已到了。赛福鼎大步向前握住了周恩来温暖的手，向他问候。

周恩来关切地说："祝你们一路平安。还要告诉你一个好消息，你的入党要求毛主席批准了。我带来了毛主席的批示，交给你。"周恩来从口袋里拿出那个批示。周恩来知道赛福鼎不太懂汉字，便左手拿着他的入党申请书，右手指着上面的字认真地念给他听：

同意赛福鼎同志入党。此信由赛本人带交

彭德怀同志即存彭处。待新疆分局成立后，由赛同志向分局履行填写入党手续。

毛泽东

1949 年 10 月 23 日

读完毛泽东主席的批示后，周恩来将毛泽东的批示交给赛福鼎，并笑着说道："祝贺你成为中国共产党的一名党员！到了酒泉后请将它交给彭老总。"

此刻，泪水已经布满了赛福鼎的脸庞，是激动，是感谢，更是对中国共产党深深的崇敬！他根本没有想到毛泽东主席会同意他的入党请求，而且毛主席还特意给他写了一个批示。于是，他紧紧地握着周恩来的手说："衷心感谢毛主席、周总理给了我政治生命，今后一定不辜负党对我的期望，我会为新疆的和平事业努力的。我还要感谢毛主席、周总理这些日子来对我们的关照！"

周恩来说："今天毛主席还给彭老总拟了一份电报，通知他你去酒泉，要他和你再具体谈谈新疆的工作。彭老总和王震同志在等着你们呢。好，再见，上飞机吧！"

飞机到达酒泉后，王震、徐立清等人已经在机场等候他们了，之后，将代表团安置在招待所。

正当赛福鼎等人坐在庭院休息时，彭德怀在王震和秘书、参谋的簇拥下来到了他们的面前，并和他们亲切握手问候。

彭德怀等人刚刚坐下，赛福鼎就急忙拿出毛泽东给

建设新疆，民族团结

共和国的历程·天山祥云

他的批示递给彭德怀司令员。彭司令看过后，笑着说道："那好哇！祝贺你加入中国共产党员的大军。今天我们收到中央的一份电报，上面也提到你入党的问题。"

这个时候，彭德怀叫秘书将电报取来。秘书很快将电报送到彭总手里，他拿起电报说："先给你念一下有关你入党的部分，'赛福鼎为代替阿合买提江的领袖人物，曾留学莫斯科，做过新疆省政府的教育厅长。据我们了解，此人政治觉悟是好的，此次已当选为中央人民政府委员。他现申请入党，我们认为是符合条件的。'"

念到这里，王震等人响起热烈的掌声。至此，赛福鼎已经成为一名共产党员了，这让他感到无比的兴奋和喜悦，更给了他很多的激励，使他在建设新疆的日子里表现出了更大的激情和信心！因此，他感谢中国共产党给了他这样一次机会。

毛泽东说要和维族建立兄弟般关系

　　解放新疆取得节节胜利，新疆各族人民都期待着这一天的到来。但如何在解放后建设一个崭新的新疆，这个问题已经摆在了毛泽东和中共中央的面前。

　　到底该怎样领导新疆各族人民建设新新疆呢？毛泽东主席仰躺在椅子上，看着窗外那一片蓝蓝的天空，深深地思考着。

　　新疆自古以来就是多民族的聚居区，在166万平方公里的土地上聚居着维吾尔、汉、哈萨克、回、蒙古、柯尔克孜等47个民族。解放前，由于反动统治阶级长期推行民族歧视和民族压迫政策，帝国主义列强为了侵略分裂中国，竭力挑拨新疆各民族之间的关系，制造民族纠纷，造成新疆民族关系复杂，民族矛盾严重的局面。

　　在那个时候，新疆人民时刻都期待着光明、期待着解放。所以解放后的新疆面临着很多艰巨的任务，新疆百业凋敝，百废待兴，许多问题都亟待解决！

　　但不管怎么样，新中国和新疆驻军不可以走以前的老路子，既然要建设一个新中国，就要走出和从前不同的新路子来。

　　但目前阶段和解放后解决新疆问题的关键在哪里呢？毛泽东主席关切新疆人民的命运，这些问题始终在他的

建设新疆，民族团结

脑海里萦绕着，使他忧虑万分。

毛泽东和中共中央在研究分析后决定："解决新疆问题的关键是我党和维族的紧密合作。"这就对解放新疆和建设新疆有了初步的指导性思想。

1949 年 10 月 23 日，毛泽东起草的《中央关于新疆问题给彭德怀的电报》中再次强调说：人民解放军只有和维吾尔族（以及其他民族）建立兄弟般的关系，才有可能建设人民民主的新新疆。

事实上，新疆不是汉人为主的地方，那里大部分都是少数民族，而维吾尔族则是新疆的主要民族，所以，搞好民族团结十分必要，这也是进行各项工作的前提和基本保证。

果然，随之而来的是：和平起义取得成功；人民解放军胜利进军新疆，新疆全境获得解放；新疆的各族人民在中国共产党和人民政府的领导之下，执行共同纲领的民族平等团结政策，从根本上改变了民族关系，实现了民族平等、团结，建立了各族人民友爱合作的新关系。

这在新疆是开天辟地的大事，新时代的民族关系得到了全体新疆人民的盛赞，也得到了国际友人的美誉，而新疆人民更是坚决拥护中共中央的领导，为国家的繁荣发展一起努力着。

毛泽东又告诫全党和全军："彻底解决民族问题，就要完全孤立民族反动派，没有大批少数民族出身的共产主义干部，是不可能的。"

在新疆少数民族中，由于受到苏联的长期影响，一些人到苏联学习，在新疆又经过一定时期的斗争，所以在少数民族中已有一些先进的共产主义分子，他们以前组织过共产主义者同盟，后又成立保卫和平民主同盟，因此，在新疆少数民族中建立共产党的组织已有相当的基础。

1949年10月15日，赛福鼎在北京参加中国人民政治协商会议时，向中共中央写了入党申请书，并转达其他同志请求入党的强烈愿望。

1949年12月下旬，经中共中央新疆分局决定并报中央批准，首先吸收了赛福鼎·艾则孜（维吾尔族）等15名党员。这15名党员，包括7个民族，少数民族14人，其中维吾尔族8名。从1950年初开始，迪化市委和各区党委、地委开始直接吸收党员，截至1950年11月底，共发展党员995名，其中绝大多数是"三区"革命的骨干和进步组织的负责人。

为了培养少数民族干部，毛泽东当时要求青海、甘肃、新疆、宁夏、陕西各省省委及一切有少数民族存在地方的地委，都应开办少数民族干部训练班，要求新疆在三年内要培养出1万名左右懂得政策又能联系群众的、忠实于人民利益的民族干部。

根据毛泽东的这个要求，新疆分局立即着手开办地方民族干部训练班，分局办的第一期地方民族干部训练

建设新疆，民族团结

115

班于 1950 年 4 月初开学。王震在开学典礼上把地方民族干部训练班比喻为"制造人民干部的工厂"。

地方民族干部训练班不仅新疆分局办，区党委、地委、县委也办。地方民族干部训练班的学员毕业后，参加各种社会改革实践，在实践中锻炼，增长才干，表现好的则吸收入党入团。

新疆培养的第一代少数民族干部很快成长起来，成为各级领导班子的骨干。据 1950 年 10 月统计，全疆正副专员、县长 165 人中，少数民族干部为 107 人。

要解决民族问题，搞好民族团结，就必须为各族人民多办好事。驻疆人民解放军遵照毛主席关于"你们到新疆去的主要任务是为各族人民多办好事"的指示，发扬人民解放军既是战斗队，又是工作队、生产队的优良传统，胜利地进行了剿匪平叛斗争，保护了人民生命财产，稳定了社会秩序；参加地方建党、建政工作，结束了各族人民被压迫被奴役的历史，使各族人民真正成了国家和社会的主人。

另外，驻疆人民解放军，在王震领导下，响应毛泽东关于军队参加生产的号召，弘扬延安精神，开展大生产运动，取得了丰硕的成果。

王震明确指出：我们不是与民争食，相反要助民求食，我们要把集体劳动、集体经济的优越性示范于新疆人民。王震从长远的观点出发，把军队屯垦看成建设边疆，减轻新疆各族人民负担，加强民族团结，巩固西北边疆的战略措施。

部队参加生产，减轻了人民的负担。按 1950 年 1 月计算，要解决部队 19.3 万人全年的粮食问题，除本省调运 2 万吨外，尚需从苏联进口 2 万吨，每吨 3000 卢布，粮价和运费至少需要人民币 1620 亿元（旧币）。由于部队生产，6、7 月间粮食开始自己供应，没有再进口，为国家节省了一大笔钱。

同时省内调运粮食也减少了，减轻了各族人民的负担。在国民党统治时期，农民交的田赋和附加负担是 70 余万石粮食，更沉重的负担是还要出"公差"，南疆的群众用小毛驴把军队的给养运到迪化，运到北疆，往返一次，少则一两个月，多则要半年，因此，老百姓把出"公差"看成畏途。

到新疆解放后，由于部队生产自给，1950 年农民只交了 44 万石粮食，"公差"也免除了。这就是说，新疆的部队增加了一倍，而群众的负担却减少了将近一半。

驻新疆的人民解放军，在新疆所做出的努力，让新疆人民感觉到了新中国民族政策的优越性，而这和国民党军队压迫、掠夺人民是完全不同的。对此，毛泽东曾经高度评价说：我王震部入疆，尚且先用全力注意精打细算，自力更生，生产自给。现在他们已站稳脚跟，取得少数民族热烈拥护。

为使少数民族真正当家做主，调动各少数民族进行社会主义建设的积极性，进一步加强民族团结，巩固祖

建设新疆，民族团结

国统一和实现各民族的共同发展、共同繁荣，中央政府和新疆驻军在坚持"慎重稳进"的方针下推行了民族区域自治。

　　1955年10月1日，新疆维吾尔自治区成立，标志着平等、团结、互助的社会主义新型民族关系在新疆完全确立。

参考资料

《国史全鉴》本书编委会编 团结出版社

《共和国五十年珍贵档案》中央档案馆编 中国档案
　　出版社

《为了新疆解放》陈国裕著 新疆人民出版社

《中国新疆:历史与现状》厉声著 新疆人民出版社

《三区革命运动与新疆和平解放》厉声著 新疆人民
　　出版社

《解放战争大全景》豫颍主编 军事谊文出版社

《中国人民解放军:第一野战军战史》本书编委会著
　　解放军出版社

《新疆知识简明读本》李德洙著 华文出版社

《西北解放战争纪实》袁德金 刘振华著 人民出版社

《中国革命战争纪实·西北卷》袁德金等著 人民出
　　版社

《共和国之战》李建编 中国社会出版社

《王震传》马洪 邓力群 武衡著 当代中国出版社

《新疆往事》陈伍国著 当代中国出版社

《新疆通览》吴福环 郭泰山等著 新疆人民出版社

《新疆广记》胡文康编 新疆人民出版社

《国民党政府的新疆政策研究》黄建华著 民族出

版社

《当代新疆简史》党育林 张玉玺主编 当代中国出
版社

《月上昆仑》王伶 褚远亮著 贵州人民出版社

《中国近代民族关系史》杨策 彭武麟著 中央民族大
学出版社

《将军在歧路》张明金著 中国社会出版社

《张治中传》屠筱武著 安徽人民出版社

《和平之路》鲁杰等著 团结出版社

《片断回忆》张邦英著 中国社会出版社

《彭德怀传》彭德怀传编写组著 当代中国出版社

《戈壁凯歌:西北大剿匪》袁志刚等著 解放军出版社

《陶峙岳将军》胡永阳等著 党建读物出版社